目次

装幀　坂野公一（welle design）
装画　蒼木こうり

カワイソウ、ってあげよっかw

＊　＊　＊　＊　＊

「今までの人生で、何度も、何度も、嫌になるくらい、〝生きづらさ〟というものについて考えてきました」

そう切り出したその人の声は、落ち着いていた。

今この場にいるのは私たち、二人だけ。空間に満ちているのは深い静寂と、微《かす》かな緊張だ。だが相手にとってみれば違うのかもしれない。少なくとも声には何らの緊張も聞き取れなかった。

「神父様もテレビか何かでご覧になったことがあるでしょう？　野生のライオンは、群れに一頭か二頭のオスしか必要としません」

「ええ。群れの支配権をめぐってオス同士で戦い、勝利した個体のみが群れに残れるとか」

私が応じると、相手は小さくうなずいて、さらに問いを投げる。

「では、争いに敗れ、群れを追われたオスは、広大なサバンナをさまよいながら何を思うのでしょうね？」

答えに詰まっていると、こちらの思考を促すように相手は続けた。

「負けてしまった。これからどうやって生きていけばいい？　ああ、生きづらいなあ……とでも思うのでしょうか」

「いいえ、ライオンは……というより人間以外の動物は、おそらく孤独になろうとも、生きづらさについて思案をめぐらせはしないかと」

「わたしも同感です」

相手は穏やかに、なおかつ満足げに微笑《ほほえ》んだ。

それとは対照的に、私は——月に一度、この微笑を向けられるたび、私は胸に不穏なざわめきを覚えてきた。本来であればこちらが相手に問いを投げ、思考を促し、神の言葉を伝える役回りだ。にもかかわらず、この人と向かいあうと、なぜか立場が逆転してしまう。この人の眼《まな》差《ざ》しに当てられると、下手なことは言えないと自然に口の中が渇いていく。私という人格を試されているような気がして。「今日」は特にそうだった。

「ライオンや他の動物は生きづらいとは考えない。だとしたら生きづらさは、人間特有のものなのでしょうか？」

「かも、しれませんね」

私の答えを聞きつつ、相手はゆっくりと腕組みをした。

「しかし旧石器時代を想像してみても、原始人が石槍を手に狩りの獲物を探しながら〝生きづらいなあ〟と感じていたかというと、それもまた違う気がしますよね」

「生きづらさ、というのは人間の中でも現代人が作り出した言葉なのでしょう」

「そうですね。現代人だけが持つ感覚なのだとわたしも思います。なら今の時代、いったい何が人を生きづらくしているのか――」

そもそも生きづらさとは、何なのか。

そうしたとりとめのない内省を繰り返してきたのだと、その人は言った。

「……きっと〝彼女たち〟も、わたしと似たような自問を重ねていたはずです」

不意に、相手の視線が斜め下へと伏せられた。

彼女たち、と口にする声が一瞬だけ物憂げに揺れたように思えたのは、私の気のせいなのだろうか。

「わたしだって、わかっているつもりです。彼女たちも人並みに、あるいはそれ以上の苦悩を内側に抱えこんでいたと……。とはいえ」

伏せていた視線を上げ、その人はふたたび私の瞳を正視した。

人間のこうした眼差しは、聖職者として幾度も見てきた。

それは過去を振り返る眼差しだった。

「神父様は今、こう不思議に思われているかもしれません。ただでさえ不幸な彼女たちが、なぜ、さらなる不幸の底に落とされねばならなかったのかと。その答えは……これから語る彼女たちの生きざまを知れば、自《おの》ずと明らかになるでしょう」

ああ、どれだけこのときを待ち望んでいたことか。

「やっと、聞かせてくれるのですね」

「はい」

今日という日になって、ようやく。

私の安堵《あんど》が伝わったのか、相手も澄んだ笑顔を見せた。

「神父様には心より感謝していますし、フェアな感覚をお持ちなのは、これまでの対話で充分わかっていました」

やはり私は試されていたらしい。過去を語るに値する人物か否かを。そして相手は、私を「値する」と見定めたようだった。

ため息をひとつこぼしたあと、その人は改めて言葉を紡ぎだした。

「ですから、すべての真相を知ったとき、神父様もわたしと同様こう疑問に感じなさることでしょう。なぜ、彼女たちは生きづらかったのか？　そもそもの話、彼女たちは本当に――」

第一章　「繊細さん」の生きづらさ

I

今日だけは絶対に遅刻したくないと思っていたのに、気づけば約束の時間を三十分もオーバーしていた。イルミネーションが輝く街並みを駆ける間、冷たいビル風がダウンジャケットをすり抜けて、肌を直《じか》に刺してくる。耳がちぎれそうなほど痛い。びゅう、とひときわ強い向かい風が吹いてきて思わず目をつむる。

猛スピードで駆けるわたしを、すれ違う人たちが怪訝《けげん》そうに見ている。息が上がり、ただでさえ立ち仕事で酷使された両足が、もう走りたくないと訴えている。それでも休むわけにはいかなかった。

急がなくちゃ。早く、早く。

頭の中は焦りでいっぱいだった。

きっとみんな、怒ってるだろうな。年末という何事にも気忙《きぜわ》しい時期、わたしのために集まってくれたのに、当のわたしが遅刻してしまうなんて。何て言って謝ったらいいだろう？　あ、あれだけみんなに会えるのを心待ちにしていたのに、急に行くのが怖くなってきた。せっかくの日だというのに、どうしてわたしの心は、こんなにもざわざわしてばかりで……。

「おっ、仁実《ひとみ》ちゃん。いらっしゃい」

勢いよくカフェバー〈ターコイズ〉のドアを開けると、マスターの小野寺《おのでら》さんとアルバイトの凛《りん》くんが朗らかな笑顔で迎えてくれた。

「皆さん向こうでお待ちですよ」

「あ、来た来た。仁実、こっちだよぉ」

店の一番奥のソファ席から手招きする、三人の人影。

わたしはそちらへ小走りで向かうと即座に両手を合わせた。

「待たせてごめんっ。ほんとにごめんね。バイト、なかなか上がれなくて、走ったんだけど結局こんな時間になっちゃって」

「いいよー全然」

片手を振りながら美優《みゆ》が言う。気にしてないよという表情で。

でも、とわたしは下を向いた。

「三十分以上も遅刻しちゃうなんて、最悪だよね。しかも今日はみんなわたしのためにわざわざ集まってくれたのに。ほんと、本当にごめん」

「ああもう、それくらい平気だってば。そんなことより早く上脱いで座っちゃって。荷物、こっちに入れとく？」

と、双葉《ふたば》がテーブルの下からさっとカゴを取り出してくれた。今日も会社から直接ここに来たんだろう、全身がかっちりとしたスーツに包まれている。

「あ、うん。ご……」

「その顔、またごめんって言うつもりでしょ」

リュックを下ろしながらさらに謝ろうとするわたしを止めたのは、紫保《しほ》だ。

お人形のように睫毛《まつげ》が長くカールして、欧米人のようにくっきりとした二重まぶた。紫保の大きな瞳に見つめられて、ぐっと言葉に詰まった。綺麗《きれい》で、吸いこまれそう。この両目にじっくり見つめられると、わたしはいつもたじたじになってしまう。

「最近バイト、人手不足でたくさんシフト入れられちゃうんでしょ？　前にＬＩＮＥでそう言ってたよね」

「うん」わたしはおそるおそる答えた。

「だったら仕方ないじゃん。それで遅刻したからって、わたしら、仁実に怒ったりなんかしないよ？」

「でも……」

するとすると今度は双葉が怖い顔でテーブルに身を乗り出した。

「でも、なあに。わたしらがそれくらいで憤慨して仁実のことを嫌っちゃうような、器のちっさい女だとでも？」

「ち、違うよ。そんなこと思うはずない」

慌ててぶんぶん首を振れば、双葉はテーブルから両腕を下ろした。

「ならよろしい。言っとくけど、もう謝るのは禁止だからね。わかった？」

「出たー。双葉のアネゴだ」

「アネゴ、今日も今日とて偉そうですねっ」

双葉の切れ長の目がすっと動き、美優と紫保を順々に睨《にら》む。対する美優と紫保も、双葉を負けじと見つめ返す。

束の間、わたしたちは無言になった。テーブルの上で視線がぶつかりあい、目には見えない火花が散る。

そのうち誰からともなく「……ぷふっ」と噴き出して、

「やだあ、何この沈黙」

「あははははっ」

わたしたちは声を立てて笑った。何でもないことですぐ笑ってしまう女子高生みたいに。

本当に女子高生だったのはもうずいぶん前のこと。あの頃に比べてわたしの肌質は変わってしまった。全体の見た目もたぶん、年相応なんだろう。けれどもこうして笑うと、心だけは、ぴん、と少女のハリを取り戻すようだった。

みんなといると、気持ちが安らぐ。普通なら遅刻されて文句のひとつも言いたいところだろうに、気にしないでと軽く手を振ってくれる。「偉そう」なんて言葉が飛び出したら空気が凍りついてしまってもおかしくないのに、冗談だとわかっているから、こうして無遠慮に笑いあえる。

女友だちは人生で最大の財産だ。

「お誕生日おめでとう、仁実」

「三十路の世界へようこそ。なあんて」

「ちょっと美優、萎えること言わないのっ。せっかくのお祝いなんだから。そうだ仁実、何飲む？　いつものやつにしとく？」

特にわたしみたいな人間にとっては、自分をこんな風にあたたかく受け入れてくれる彼女たちが、何よりありがたい宝物だ。

今日、わたしは三十歳になった。

本当はこの歳で誕生日を祝われるなんて恥ずかしいから、お祝いなんてしなくていいよと断るつもりだった。でも、いつもの女子会を兼ねているならそれもいいかと考え直した。みんなとは頻繁にＬＩＮＥで連絡を取りあってはいるものの、直接会う楽しさはまた格別だから。

わたしたちが知りあったのは、お互いが大学に入学したばかりの春。

マンモス校ともいわれるＫ大は人だけじゃなくサークルの数も驚くほどたくさんあって、わたしはその中から、「映画研究会」を選んだ。名前から受ける印象のとおり地味で人数も少ないサークルだったけれど、その地味さとゆるさに何となく惹かれた。

研究会とそれらしく銘打っていても、実際の活動内容は週に一度、都内にある大小の映画館に足を運んで話題の映画を観《み》るくらい。終わったら喫茶店に移動して感想を言いあったり脚本の分析をしてみたり、そのあと行きたい人は飲み屋に行く。本物の映画マニアが一部いたことはさておき、わたしのようにそこまで映画に明るくない、どちらかというとただ大学内で落ち着けるコミュニティーを求める人が大半だったように思う。先輩後輩の上下関係もゆるゆるで、学生サークルにありがちなややこしい諍《いさか》いとはまったく無縁の集まり。部室にはいつもだらっとした空気が流れていて、刺激には欠けるけど、居心地はいい。わたしはそこで、一生の宝物になる四人と出会えた。

今は外資系企業に勤めている双葉。

唯一の既婚者であり二児のママでもある美優。

美人インフルエンサーの紫保。

それに、

「ねえ、そういえば樹《いつき》は？」

いつもの顔ぶれのうち、あと一人がまだ来ていなかった。注文したモヒートを片手に聞くと、

「一時間ほど遅れるって、さっき連絡あったよ」

白ニットの袖をまくりながら美優が答えた。

女は子どもを産むと所帯じみる、なんていわれるけど、美優は大学生の頃から少しも印象が変わらない。ふわふわのニットワンピースがよく似合う、かわいいママさんだ。

「はい、仁実の好きなアンチョビパスタ。あとサラダとグラタンと、ジャークチキンも取ったげる。来る前に適当に料理頼んじゃったから、他に食べたいものあったら言ってね？」

「ありがとう」

いつからか女子会といえば目黒《めぐろ》にあるこのカフェバーがわたしたちの定番になっていた。バーカウンターとソファ、あわせて二十席くらいの店内。マスターの小野寺さんの趣味らしく、

クラシックなモロッカンスタイルでまとめられた内装は、こじゃれているけど肩肘を張らなくて済むちょうどいい雰囲気だった。お酒もご飯もおいしくて、長居しても嫌な顔をされない。昼はカフェ営業、夜になるとお酒も提供される使い勝手のよさも魅力のひとつだ。とはいえ、わたしたちが来るのはだいたい夜ばかりなんだけど。そうして何度もここで女子会をするうち、マスターともアルバイトの子たちともすっかり顔なじみになった。

「んん、おいしい。お腹《なか》ぺこぺこだったから沁《し》みるなあ」

ここのアンチョビパスタはぴりりと唐辛子が効いていてわたし好みだ。ニンニクとアンチョビの香りが鼻に抜けていき、ほおばる口元が知らぬ間にゆるんだ。

「それにしても、仁実、いいの？」

そう問われて双葉を見やる。その隣でグラスを傾ける紫保も、美優も、やたら神妙な面持ちをしていた。

いいって、何が？

きょとんとするわたしにやきもきしたのだろう、やがて双葉は、

「誕生日なのに彼氏と過ごさなくていいの？　ってこと」

「ああ……」

その話か。

「やっぱり、彼とはうまくいってない感じ？」

三人の心配そうな視線が突き刺さる。

彼の話は、できればしたくなかったんだけど。

「そう、だね。あんまり、うまくいってないかも。今日みんなと会ってくるって言ったときも、特に何も言われなかったし」

「それってひどくない？　彼女の誕生日なのに、おめでとうのひと言もなし？」

「彼、三年も付き合って慢心しちゃってるんじゃないの。仁実みたいな大人しくて優しい子は絶対に自分を振ったりしない、ってさ」

「あー、男の人ってそういうとこあるよね。うちの旦那もそうだもん。昔は好きとか愛してるとかしょっちゅう言葉にして伝えてくれてたのに、今じゃ全然。仁実の彼と一緒で、釣った魚にエサはやらないみたいな？」

でも――と言いかけて、わたしは口をつぐんだ。

でも、何なの？

自分に問いかけてみても、曖昧な答えしか浮かんでこない。でも彼には、いいところもたくさんあるんだよ。仕事が忙しいみたいだし、誕生日を祝ってもらえなくても仕方ないの。別に不満なわけじゃないんだよ、と、そんなことを言いたいんだろうか。わたしは本当に心の中で、そう思っているんだろうか。

「……まあ、やっぱひどいよね。そもそも今日がわたしの誕生日だってこと、忘れちゃってるのかもしれないし。あーあ、帰ったらフテ寝しちゃおっかなあ」

明るい声を作って言ってみたけれど、三人の心配そうな表情は変わらなかった。こういう微妙な空気の中心にいると、いやにお尻がもぞもぞとしてくる。

　早く話題を変えてしまおう。

「そんなことより、ちょっと聞いてよ。今日ね、バイトで一緒だった――ほら、前に話した二十歳の学生ちゃん」

「萌乃《もえの》ちゃん、だったっけ」

「そうそう。あの子がね、レジで領収書を書くとき、あろうことかお客さんに向かって〝何様ですか？〟って聞いちゃって」

「ええ、何それっ」

　やばいね、と三人はそろって目を丸くする。彼氏の話からうまいこと気をそらせたみたいだ。

「もう、すっごい焦っちゃったよ。一緒にシフト入ってた男の子は笑いをこらえるのに必死だし、お客さんは明らかに不機嫌になっちゃってるし。結局その場で最年長だったわたしが頭下げて何とか収拾はついたんだけど、心底ぐったりって感じでさ」

「その感じ、わかるわあ」と、双葉がチキンをほおばりながら言った。「年下の子の面倒見てると理不尽なことも起こりがちだよね。わたしもさ、会社で後輩のサポートにまわることが多いんだけど、相手がミスしたときの注意の仕方がほんと難しくって。何重にもオブラートに包んで優しく指摘しても、〝わかってます〟なんて返されちゃったり」

「うわあ、それはきつい」

紫保が気の毒そうに顔をしかめる。

「いちいち先輩にぺこぺこする必要もないけどさ、そこはやっぱり〝わかりました〟って言ってほしいよね」

「ほんとそれ。先輩風吹かせるなって言われたみたいでグサッと来ちゃった」

「双葉も大変だよね。最近の若い人って——ああ、こんなこと言うなんていかにもオバサンぽくてやんなっちゃうけど。わたしたちより下の世代の子って、あれよ、リテラシー？　そういうのを学ぶ機会がないのかもね」

「SNSだと余計にそう感じることが多い？」

わたしが尋ねると、紫保は弱ったように眉尻を下げた。

「正直、そうだね。ちょっと誤字脱字があるだけで揚げ足を取るようなコメントしてきたり、いきなりDMで失礼なこと言ってきたり」

「紫保は誰でも親しみやすい投稿をするから、変に勘違いしちゃう人が出てくるのかもね」

ただ、と続けながら、美優はどこか疲れ顔でグラスを置いた。

「まともに会話ができる相手なだけ、まだいいかもしれないよ。泣くしかできない赤ちゃんの面倒見てたら、言葉って何て偉大なんだろうって毎日しみじみ思うもん」

「あー、確かに……」

そのとき、着信音が鳴りだした。全員で一斉に自分のスマホを確かめる。

鳴っていたのは美優のスマホだった。

「あっ」

やわらかな顔立ちに、たちまち緊張が差していく。

「もしもし。お義母《かあ》さん。はい、あ……えっ、もうこんな時間……はい。はい。ごめんなさい、すぐに帰りますから」

電話を切るやいなや、美優はあたふたと立ち上がった。

「やばい、もう行かなくちゃ。またお義母さんの機嫌が悪くなっちゃう。ごめんね仁実、お祝いなのにばたばたしちゃって」

「ううん、会えてよかった。気をつけて帰ってね」

かわいそうな美優。今さっき疲れ顔をしていたのは家事に育児にお姑《しゅうとめ》さんのご機嫌うかがいと、気苦労が多いからに違いなかった。

美優の話を聞く限り、彼女とお姑さんの仲は、決していいとは言えない。近所に住んでいるから進んで孫たちを預かってくれるようだけど、こうして夜出かけるとなると後でちくちく嫌味を言われてしまうんだとか。今日もまた嫌味を言われるのだとしたら……「ごめん」は禁止と言われたものの、お誕生日席に座る身としては、やっぱり心苦しい。

「じゃあみんな、またねっ」

焦った様子でコートを羽織り、カバンをつかみ、店のドアへと駆けていく美優。ところがドアを開けた瞬間、「わあっ」とすっとんきょうな声を上げた。

「樹！」

ちょうど外側からドアを開けようとしていたらしく、樹の顔には驚きが見えた。けれどその口元には、すぐにゆったりとした微笑みが浮かぶ。

「もう帰っちゃうの？　美優」

ちょっぴり低くて、知的で、落ち着いた声。

それを聞いた途端、焦りに駆られていた美優に笑顔が戻ったのが、一番奥のソファ席からでも見てとれた。

「もう、遅いよー。樹ともいっぱい喋りたかったのに」

「ごめんごめん。また今度ゆっくりお茶でもしよ、ね」

「ほんと？　それ、約束だよ？」

むくれてみせてから、美優はわたしたちのテーブルを見返って手を振り、今度こそ店を後にした。

そうして入れ代わりでソファに座った樹に、双葉がすかさずメニュー表を差し出す。

「お疲れ、樹」

「ありがとう。みんなもごめんね、こんなに遅れちゃって」

「打ち合わせだったんでしょ？　センセイは忙しいんだからしょうがないよ」

すると樹はたしなめるような眼差しをした。

「紫保。それ、やめてったら」

「何？」

「センセイっていうやつ。漫画家なんて、別に偉くも何ともないんだから」

「じゃあ師匠ならいい？」

「何の師匠なのよ」

苦笑まじりにつっこまれて紫保は嬉しそうに笑った。

お決まりのアマレットジンジャーを注文したあと、ふと樹が、こちらへと視線を転じる。わたしをまっすぐに見つめて、

「仁実。お誕生日、おめでとう。今年も素敵な一年になるといいね」

樹が輪に加わると、みんなの顔が一段階か二段階、明るくほころぶ。これは学生時代から変わらないこと。

そして「みんな」の中には当然、わたしも含まれている。なぜだろう、樹に笑いかけられると、嬉しさと緊張が一緒になってこみ上げてくるから不思議だ。

「……ありがとう、樹」

差し出されたプレゼントの紙袋を受け取って、そっと胸に抱く。

大学を卒業して、社会人になって、お互いの立場や生活環境もずいぶん変わってしまったけれど、わたしは今でもみんなのことが大好き。その中でも樹は特別な気がしていた。

「ねえねえ樹、また漫画が映画化されるんでしょ？　主演は誰？」

「うーん、誰だろう」

次に担当さんに会ったら聞いてみるね、と彼女は優しく返す。

樹は売れっ子の漫画家。わたしたちみんなの自慢だ。「生きづらさ」をテーマにした彼女の漫画には大勢のファンがついていて、新しい作品が出るたび映画やドラマに採用されている。

でも、たぶん樹自身は、映像化なんてことにそこまで興味はないんだろう。大学で映画研究会に入っていただけあって映画そのものは好きみたいだけど、自分の描いた漫画が映画になろうがドラマになろうが、必要以上に浮かれたり騒いだりはしない。きっとこういう性格だから成功できるんだろうな。

成功とか、有名になるとか、わたしには別の世界のお話にしか思えなくて、

「すごいよね、樹は」

と、会うたび吐息まじりに言ってしまう。

「大学卒業と同時に賞獲ってデビューして、あっという間に売れっ子さんだもん」

「ふふ、単に運がよかっただけ。周りに支えてくれる人たちがいるおかげだよ」

みんなとかね、と樹はいたずらっぽく笑った。

「いや、運だけじゃなくって実力があるからこそだよ。だってほら、例のデビュー作もさ、出版されてだいぶ経ってるけどアニメ化が決まったんでしょ？」

「え、マジ？」

どうやら双葉と紫保は知らなかったらしい。ネットニュースを見せてあげると二人はきらきらと目を輝かせた。

「すっごい、すごすぎるよ樹」

「映画化とかドラマ化は今まであったけど、アニメは初めてだよね？」

「まあ、うん。そうだね……」

あれっ、と思った。

樹にしては、歯切れの悪い生返事。数年前のデビュー作が今も注目されているなんて本当にすごいことなのに、あんまり嬉しくないのかな。一方で双葉と紫保はスマホを見ながら声優のキャスティング予想をしてはしゃいでいた。

「主役は絶対この若手声優がいいと思うなあ。最近テレビにもよく出演してるから気になってたんだよね。ちょっとナイーブだけど賢そうな声質が主人公にぴったり。この男の子、K大出身だって知ってた？」

「へえ、知らなかった」

「しかも何と何と——映画研究会の雅人《まさと》先輩、覚えてるでしょ？　あの人の弟なんだって」

「ええっ、嘘でしょ。全然似てないけど」

「やっぱ似てないよね。雅人先輩といえばナルシシストで」

「俺サマ気質で」

「超びびり、だよね？」

樹とわたしも会話に加わって、全員の笑い声が弾けた。

この歳になると、昔話に花を咲かせている瞬間が一番楽しく感じる。それはもしかしたら、「今」が楽しくないことの裏返しかもしれない。

「懐かしいなあ、雅人先輩。映画研究会の中では相当キャラ強めだったよね」

「もちろん悪い人じゃなかったんだけどねえ。覚えてる？　サークルのみんなで式根島《しきねじま》に行ったとき、先輩ってば岩場のフナムシ見てとんでもない悲鳴上げて」

「あはは、あったねーそんなこと」

「それで何を思ったか先輩、すぐそばにいた葵《あおい》に抱きついちゃっ、てさ……」

その瞬間、空気が変わった。

言葉を切った紫保の顔は「しまった」といった風にこわばっている。双葉は唇をきゅっと引き結んで、樹は、落ち着いた様子こそ変わっていないけれど、グラスについた水滴を無言でぬぐっている。しゅんと花がしぼんでしまったように、みんなの顔から、表情が消えた。

他のテーブルにいるお客さんたちの話し声や、カチャカチャと鳴る食器の音ばかりがわたしたちの耳に響く。誰もが楽しそうにお喋りをしているのに、わたしたちのテーブルだけが、わたしたちの時間だけが、止まっている。

ああ、嫌だ。

こういう気まずい沈黙は、たまらなく苦手だ。

何か言わなくちゃ。早く、早く――。

「ああんもう、こんな話はやめにしよ？　ね？」

わたしは努めて冗談ぽく言った。

「あの子のことを今さらあれこれ考えたってどうしようもないじゃん？　みんなも気が滅入る

だけでしょ。それに、今日は一応、わたしの誕生日なんだけど……？」

　と、大げさに口を尖らせてみせる。すると三人の表情がほっと和んだ。見る見るうちに緊張がほどけて、わたしたちの時間がふたたび動きだす。

「はは、ごめんごめん。懐かしい話をしてたらついね」

　紫保なんかはわかりやすく「助かったー」と顔に書いてあった。

「あの、紫保ちゃん。お話し中ちょっとごめんね」

　そこへやってきたのはマスターの小野寺さんだ。首をひねる紫保に、マスターは少し言いにくそうな顔で続けた。

「例のアレ、どうする？」

「あっ。やだ、話すのに夢中で忘れちゃってました」

「じゃあすぐに持ってくるね。おーい凜くん、お願い」

　何のことだろうと思っていると、やがてカウンターの向こうから凜くんがやってきて、わたしの前に白いスイーツ皿を置いた。

「はいどうぞ、仁実さん」

《Ｈａｐｐｙ　Ｂｉｒｔｈｄａｙ　仁実へ　友人一同より》

　白いお皿に書かれたチョコソースの文字。それを見て、涙が出そうになった。嬉しさと、気恥ずかしさ、そして切なさで、胸がいっぱいになった。

「おめでとうございます。ハッピバースデー、ってやつ、みんなで歌いましょっか?」

わたしは笑って首を振る。

「ううん、もうそんな歳じゃないから。あ、凜くんのソロなら聴いてみたい気もするけど」

「いいねえ、若いイケメンのソロ」と、マスターも一緒になってにやにやする。

「えっ、えぇ? それはさすがに……」

顔を赤くする凜くんに「冗談だって」と紫保が言って、わたしたちはまた笑った。

こうしてみんなで集まるのを「女子会」と呼ぶのは、たぶんもう、ふさわしくないんだろう。この歳で自分のことを女子、と呼ぶのはおこがましい気がするもの。だとしたら「オトナ女子会」? それも若さにしがみついているみたいで、世間から笑われてしまいそう。

「これで、わたしたち全員、三十代になっちゃったね」

ふと樹が、しみじみとした声でつぶやいた。

「大学一年でみんなと出会ってから、もう十二年の仲になるんだね。早いなあ、あっという間だな。わたしね、ときどき時間ばっかりが早くって、自分の心が遠くの方に置いてきぼりになってる気がするんだ」

わかる。とっても。年齢を重ねていくのとは裏腹に、歩いてきた道を振り返ると、自分は果たして人並みに成長できているんだろうかと自信が持てなくなるような。

「時代の流れについていかなきゃ、取り残されないようにしなきゃって思ってるうちに、四十歳、五十歳になっていくのかな。今が充実しているのは本当だけど、十年後の自分を、わたしは想像できないな。こんな風通しの悪い世の中で未来のことなんて考えにくいもの。不自由で、息が詰まりそうで……なんて、ごめん。愚痴っぽくなっちゃったね」

「ううん。そんなことないよ」

樹の言うことは、そのままわたしの今の心情に当てはまっていた。双葉も紫保も、黙って目を伏せている。ここにいない美優だって、きっと同じ反応をしたに違いない。

傍目《はため》には楽しそうに笑っていても、わたしたちは五人それぞれ、心の中に「モヤ」を抱えている。いる。だからわたしたちは何年経っても友だちでいられるんだろう。このとらえどころのないモヤを、お互いに共有しあえるから。

「十年後の自分、か」

今この瞬間は満たされていても、将来のことを考えると不安でたまらない。十年後どころか、明日のことさえ考えると憂鬱《ゆううつ》になる。これはわたしたちが三十代になったからなんだろうか。若いと言うにはおこがましくて、立派な大人と言いきるにも自信がない、狭間の年齢だからなんだろうか。ああ、どうしてわたしたちはこんなにも……。

「つくづく、わたしたちって、生きづらいよね」

樹の声を聞きながら、わたしは黙ってチョコソースの文字を見つめた。

2

ただいまを言っても、おかえりの声は返ってこない。亮平《りょうへい》はもう寝てしまったらしかった。

今日も案の定、夕飯のお皿はテーブルに置きっぱなし。靴下もパンツもだらしなく床に脱ぎ散らかされて、食べかけのバウムクーヘンはなぜかテレビ台の上に置かれている。

はあ、と息をついて、仕方なく部屋の掃除に取りかかった。せめて食器は水につけておいてと同棲を始めてからずっと言っているにもかかわらず、亮平が実行してくれたことはほとんどない。

彼が散らかして、わたしが片づける。今となってはもう慣れてしまったけれど、ため息が洩《も》れてしまうのは、どうしたって止められない。

……疲れた。

まるでプールでひとしきり泳いだ後みたいに、体が重い。とりわけ胸にずっしりとした重みがのしかかっていて、たまらない。

バイトの疲れ？　それもある。今日はお客さんが多くていつも以上に忙しかったから。ただ、実のところ、女友だちとの集まりというのもわたしにとってはなかなかに気力を使うイベントだった。

もちろんみんなのことは大好きだし、これからも大切にしたい。嘘偽りなくそう言える。だからみんなは悪くない。

疲れてしまう原因は、みんなじゃなくて、わたし自身にあるんだ。

——例のデビュー作もさ、出版されてだいぶ経ってるけどアニメ化が決まったんでしょ？

表情には出ていなかったけれど、あのとき、樹の体からは困惑した雰囲気がにじみ出ていた。「触れないで」と言いたげなオーラが。どうしてだろう。

もしかして樹自身は売れっ子漫画家であることを騒がれたくないのに、わたしがしつこく話を振り続けたから、嫌気が差したんだろうか。もう褒めなくていいから察してよと、怒ってしまったんだろうか。……ううん、樹はそんなことで怒る人じゃない。でも、嫌な気分にさせてしまったのはきっと事実だ。

気がかりなことは他にもある。誕生日を祝うため集まってくれたみんなに、わたしは、充分に感謝を伝えただろうか。「忙しい中ありがとう」「嬉しい」って、もっと言うべきだったかもしれない。亮平とのことを聞かれたときだってそう。あれ以上は話を広げられたくなくて、わたしは強引に話題を変えてしまった。

ああ、どうしよう。一度考えだすと不安はどんどん膨らんでいく。

感じが悪いと思われたんじゃないかな？　みんなからせっかく心配してもらったのに、空気の読めない奴、って思われたんじゃないかな？　五人で会うのを楽しみにしていたのに、何で

わたしはいつもいつもこうなんだろう。楽しかった余韻はたちどころに消えて、苦い感情ばかりが胸に広がって、

「またひとり反省会？」

見ると、寝室から出てきた亮平が大あくびをしていた。

「あれ、寝てたんじゃなかったの」

「寝てたよ。でもそれ、うるさくて起きちゃった」

と、彼は皿洗いをするわたしの手元を指差した。

「別に明日でもいいんじゃないの？　こんな夜中にやんなくてもさ」

じゃあ明日、あなたが自分で洗うの？　とは言わなかった。亮平にそんなことを言ったところで、結局わたしがやることになるのはわかりきっているからだ。

「ごめん。もうすぐ終わるから」

「ああそうだ、これ」

亮平はふと思い出したように、ダイニングテーブルに置いてあったものを手に取った。

「今日、誕生日っしょ。あげる。ここ置いとくから」

「……覚えててくれたんだ」

「そりゃあ彼女の誕生日だしね」

「じゃあ何で、友だちと会ってくるって言ったとき何も言わなかったの？」

精いっぱいの嫌味のつもりだった。

たまには高級レストランに連れていってほしいとか、いいホテルに泊まって特別な時間を過ごしてみたいとか、わがままを言っちゃいけないのはわかっている。けれど三十歳になるという節目の日だったのに、という思いはどうしたってぬぐいきれない。まして誕生日の終わりになるまで「おめでとう」のひと言すらなかったのが、哀しかった。寂しかった。

でもわたしの気持ちは、亮平には伝わらない。

「だって仁実って、女友だちと一緒にいる方が楽しいんじゃないの？　大学からの仲良し五人組なんでしょ」

彼にとっては嫌味でも何でもないんだろう。当たり前のような言い方だった。

「だから俺が何か言って出しゃばるのもどうかなと思ったんだ。でもさ、見た感じ、今日も気を遣いすぎてぐったりしちゃってるよね。もっとああすればよかった、あんなこと言わなきゃよかった、とか今も考えてたんじゃない」

図星を指されて、何も言い返せない。

相手の事情にどの程度まで踏みこむべきか。自分の事情をどこまで語るべきか。適切な距離感というのは人それぞれだから、目の前にいる相手との距離感を、わたしはいつだって忙しなく測り続けてきた。

そうやって、ひとり神経をすり減らしてきた。

「もうさ、気にしすぎだって仁実は。他人って思うほど自分のこと見てないもんだよ？　考えすぎてぐったりするんじゃ本末転倒じゃん」

気にしすぎ。考えすぎ。いつだって亮平はこう言う。

いつだって、わたしの悩みを軽く見積もる。

「てか、そんなんだったら無理して行くことなかったのに」

「みんながお祝いしてくれるっていうのに断れないよ。それにわたし、みんなのこと好きだし」

「好きっていうか、昔のよしみってだけでしょ」

「そんなんじゃないよ。仕事のこととか家庭のこととか、みんな色々抱えてるの。そういうのを共有しあって……」

「ふうん。それって、女同士で愚痴言いあってるだけだろ？　だから疲れるんじゃね」

何でそんなこと言うの？　今日はわたしの誕生日なのに。いまだに「おめでとう」も言ってくれない口で、どうして否定するような言葉ばかり吐くの？

……こんなこと言っても響かないことくらい、わかってるけど。こみ上げてくる空《むな》しさを、喉の奥まで押しやった。

「そうだ、今日ガスの点検があったから対応しといたよ。玄関に点検表置いてあるから見といてねー」

亮平は言うだけ言って、またさっさと寝室に引っこんでしまった。「おめでとう」の言葉は最後までないまま。

洗い物を終えたあと、ダイニングテーブルに座って彼からのプレゼントを開いてみる。

タオルだった。わたしが好きなキャラクターのタオルセット。しかも忘れていたのか、値札がそのまんまになっている。――二千五百円。

前にわたしが「そろそろタオル、新しいのに換えなくちゃ」と言ったから、これを選んだんだろう。付き合い始めの頃だったら「新居祝いじゃないんだから」とか「キャラものって、もう成人なのに」とか不平をまじえながらも笑うことができた。けれども付き合って三年も経つと、こんな歳になってしまうと、うまく冗談にするのも難しい。

二千五百円と書いてある値札を、無言で眺める。

――それが君のリアルな価値ってこと。

そう誰かに、嘲笑《あざわら》われた気がした。

彼女の誕生日なのに、おめでとうのひと言もなし？　と、双葉は怒った声で言っていた。みんながわたしと亮平の関係をどう思っているかは聞くまでもない。

別れた方がいいんじゃない――こう思っているに違いなかった。自分でも、そうかもしれないと思うもの。なのに思いきることができない。それどころか、彼のことをあまり悪く言わないでほしい、とすら感じてしまった。亮平がわたしを思いやってくれることなんて、申し訳程度にしかないのに。

――仁実の彼さ、ひょっとしてアスペルガー症候群なんじゃないかな。

そう教えてくれたのは樹だった。

片づけができない、他人の気持ちに鈍感。それはアスペルガー症候群の特徴に当てはまっている、と。調べてみたら、アスペルガー症候群の他の特徴として視覚情報の処理が得意、ということが挙げられていた。

亮平はフリーでウェブデザインの仕事をしている。生活力はまったくと言っていいほどない一方で、仕事の評価は上々らしかった。

博識な樹はこんなことも言っていた。


——彼がアスペルガー症候群だとすると、仁実は、カサンドラ症候群かもしれないね。


アスペルガー症候群の人の身近にいる家族や恋人が、その人とのコミュニケーションをうまく取れずに不安や孤独感を覚え、さらには自己評価も低くなっていく。それがカサンドラ症候群と呼ばれることを、わたしは樹に言われるまでまったく知らなかった。ましてや亮平に、アスペルガー症候群の疑いがあるなんてことも。

亮平と付き合ったのは、彼がわたしと真逆で、他人の目を気にしない人だったから。

就職難をどうにか乗り越えたわたしは、大学卒業後、食品会社の総合職に就いた。こつこつ物事に取り組むことは得意だったから、初めは仕事も人間関係も順調にやれていたように思う。けれど入社から二年ほど経った頃、人のいない倉庫で男性上司——しかも既婚者——にいきなり手を握られた。そのときばかりは「やめてください」とはっきり言うことができてそれ以上のことはされなかったけど、悪い出来事は終わらなかった。

一番親しかった同期の女子にそのことを相談したら、話がわたしの関知しないところで歪《わい》曲《きょく》され、尾ひれがついた状態で会社中をめぐってしまったのだ。どうやらわたしが上司を誘惑したらしい、と。後で知ったことだけど、噂《うわさ》を流した子は、その男性上司にひそかな憧れを抱いていたそうだ。

結局わたしは、たった二年で会社を辞めた。辞めるしかなかった。そうして再就職する気にもなれず、大手カフェチェーン店でアルバイトをするようになった。もう二度とトラブルはご免だと思って、できるだけ目立たないよう、自分の存在を消しながら。そこへ常連として来ていたのが、亮平だった。

何度か軽い挨拶を交わすうちに、わたしは世間話のつもりで過去、セクハラをされた末に会社にいられなくなったことを亮平に話した。

すると亮平は、

――それ、訴えなかったの？　何で？　やられっぱなしでムカつかない？

と言って、何とその場で労働局のホームページを検索し始めたものだから、わたしは大慌てで彼を止めた。

もちろん四人の女友だちにも同じ話をして、慰めや励ましの言葉をもらってはいた。けれども彼の反応はそれとはまったく違っていて……強引だと思う反面、新鮮だった。

もういいんです。これ以上はトラブルに関わりたくないし、事を大きくしたくありませんから。そうわたしが首を振ると、

——ああ、仁実ちゃんってHSPっぽいもんね。

亮平は、まっすぐにわたしの目をのぞきこんで言った。

——HSP。平たく言うなら〝繊細さん〟。必要以上に他人に合わせて、我慢してさ。俺には全然わかんないな。他人からどう思われてるかなんて、しょせんは他人なんだから気にしなくってもいいのに。仁実ちゃんは臆病すぎ。

自分にない感覚を持っている彼にそう言われて、胸を衝《つ》かれた。

「繊細さん」。言葉は知っていたけれど、まさか自分がそうだなんて、思ってもみなかった。

昔から人付き合いがあんまり得意じゃなくて、空気を読もうと頑張りすぎて、キャラ迷子になりがちで。微妙な沈黙が流れるたびおどけてみせる自分を、ピエロみたいと思って哀しくなったことも多々あった。

そんなわたしの、この厄介極まりない性分には、ちゃんとした名前があったんだ——そうわかった瞬間に少しだけ、息がしやすくなったのを覚えている。

ただ、いくら名前をつけられたところでその後の心持ちまで楽になるわけじゃない。「空気を読みすぎる女」と「空気を読まなすぎる男」が必ずしも互いの欠点を補いあえるわけじゃない。年月が経つにつれて、わたしは亮平の身勝手さに振りまわされるようになった。一方で彼がわたしの疲弊に気づいてくれることは、きっと今後もないだろう。

わたしはいつしか「繊細さん」でありながら、「カサンドラ症候群」にまでなってしまったのだった。他にこれといった取り柄もない、三十歳のフリーター。貯金はほぼなし。あるのは将来への漠然とした不安だけ。

「……生きづらい、な……」

寝室からいびきが聞こえてきて、何度目かのため息を洩らす。

もう、寝よう。明日もバイトがあるんだから。その前に、とカラーボックスから一冊のノートを取り出した。

眠る前に「三行日記」をつける。これがわたしの日課だ。

その日起きた「よかったこと」を三つ、短くノートに書いていく。そうすればネガティブな思考が取り払われ、自己肯定感が上がりやすくなるとアドバイスをくれたのも、樹だった。

チッ、チッ、と時計の針が進む音を聞きながら、わたしは懸命に頭をめぐらせる。

今日という日をつぶさに思い返し、ペンをとる。

《1．お客さんに「ありがとう」と言ってもらえた
2．赤信号に引っかからず歩けた
3．大好きな4人に誕生日を祝ってもらえた》

「…………」

ああ、何てありきたりな内容だろう。

ひと言で言うなら、まさに平々凡々。こんなことしか書くことのない自分が、この世界にまったく必要のない存在に思えて、嫌になる。

いつからだろう、メディアでしきりに「多様性」が叫ばれるようになったのは。その言葉はいつだってわたしを苦しめる。

生まれ持った個性。

自分らしさ。自己実現。それらを大事にしなさいと世間は言う。

でも、自分らしさって何？　自己実現って？　際立った個性も、夢中になれる何かすら持っていないわたしは、どうしたらいいの？

……もう多様性だなんて聞きたくない。

平凡であることを、暗に責められている気がして。

3

「ねえねえ仁実さん、これ見てくださいよー」

夕方の忙しい時間だというのに、萌乃ちゃんには焦るそぶりが一切ない。

「ごめんね、お客さん来たから後で……」

「ほらこれ。彼氏からクリスマスプレゼント何が欲しいかって聞かれてるんですけど、こっちとこっちのピアス、どっちがいいと思います?」

「ちょっと。注文したいから早く」

スーツ姿の中年男性がぎろりとこちらを睨んでくる。わたしは「すみません」と頭を下げながらレジ前へ走った。

ここのところ気温もめっきり冷えこんできた。自動ドアが開くと外の冷気が入りこんできて、そのたびわたしは亀のように首を縮こめる。このカフェのレジはドアのすぐそばにあるから、タートルネックを着こんでいても完全には寒さを防ぎきれない。

そうわかっているからか、それとも無意識なのか、萌乃ちゃんはお客さんが来るとすぐさまカウンターの奥の方へ引っこんでしまう。自然とわたしがレジへ走るのがいつもの流れになっていた。

「あのね、萌乃ちゃん。接客中はスマホいじらないようにって、スタッフルームにも貼り紙してあると思うんだけど」

「あ、そっか。ごめんなさい」

謝ったのも束の間、萌乃ちゃんは舌の根も乾かないうちにまたスマホを取り出して、わたしに画面を見せてきた。

「それで、さっきの話の続きなんですけど。仁実さんはピアス、どっちの方がいいと思いますか?」

「……こっちの方が萌乃ちゃんぽい、かな」

これ以上の指摘も億劫《おっくう》になって、適当に左の画像を指差してみせる。萌乃ちゃんは上機嫌で「あ、やっぱり?」と声を弾ませた。十歳も下の子にこういう態度を取られたら、どうするのが年上として正解なんだろう。

「やっぱパールよりダイヤの方がきらきらしてていいですよねぇ」

「休憩、ありがとうございましたー」

と、そこへ同僚の濱田《はまだ》さんが戻ってきた。カウンターに入るなり萌乃ちゃんを見て、

「こらっ、駄目じゃない。仕事中にスマホ触るなんてルール違反よ。お客さんからクレーム入ったらどうするの」

ガツンと叱られた萌乃ちゃんは黙ってスマホをポケットにしまった。見るからにふてくされている。一方、濱田さんはまるで意に介していなかった。

わたしより三つ上の濱田さんは、相手の反応を気にしない「亮平タイプ」だ。それをすごいなあと羨《うらや》ましく思う反面、後々の気まずさを考えると自分にはできない、とも思ってしまう。それにわたしは正直言うと、彼女のことがちょっと苦手だ。

「あっそうだ鈴木《すずき》さん、この後のことなんだけどさ……」

濱田さんがこちらに向かって何事か言いかけたとき、ちょうど自動ドアが開いて新たにお客さんが入ってきた。この時間帯になればフードなしでドリンクだけの注文がほとんどだろう。怠けがちな萌乃ちゃんも、濱田さんと二人きりならちゃんと働いてくれる。

わたしはすかさずエプロンを外した。

「あ、あの、わたしも休憩行かせてもらいますね。来客もちょっと落ち着きましたし」

口早に告げてカウンターを出る。まだもの言いたげな濱田さんを横目に、店内を大股で歩いていく。

そうして狭いスタッフルームに飛びこんだ途端、疲労がどっと押し寄せた。

「ふう……」

ここは新宿《しんじゅく》の繁盛店だから時給もわりかし高い。好条件を当てにして働き続けてきたけれど、そもそも人付き合いが不得意なわたしが接客業なんて、やっぱり向いていないみたい。しかもカフェのバイトというのはカウンター越しにお客さんと接するのもさることながら、カウンターの中でも思いのほか、同僚たちと密に関わらなきゃいけない。誤算だった。お客さんよりもバイト仲間と関わることの方が疲れるなんて。

萌乃ちゃんが醸《かも》し出す、学生ならではの輝かしさに当てられたのかもしれない。若くて、希望に満ちあふれる二十歳の女の子。わたしにもそんな時代があったはずなのに、三十路の身で若い子と接していると「無理してるなあ、自分」と否応《いやおう》なく感じさせられる。濱田さんのように陰で「お局《つぼね》さん」と呼ばれているんじゃないかと、びくびくしてしまう。

手持ち無沙汰にバッグの中に入れてあったスマホを取り出してみると、ＬＩＮＥの通知が来ていた。

《咲《さき》の結婚式、お前も来るよな？》

兄からだった。咲はわたしたちの従妹。

いよいよ気分が落ちこんだところで、スマホが振動した。

今度は姉からの着信だ。

『もしもし仁実？　元気？』

こちらの返事を待たず、姉は矢継ぎ早に言った。

『あのさ、そっちにも招待状いってると思うけど、咲の結婚式、どうする？』

どうするって、行かなくてもいいってことかな？　そう一抹の期待を抱いたものの、

『せっかくだから、あたしら三人でサプライズ企画しようってお兄ちゃんと話してたの。あんたは引っこみ思案だから余興なんかは無理だろうけど、プレゼントくらいはした方がいいじゃない？　あ、もしアレだったら、お金はあたしとお兄ちゃんで出すからさ』

ずん、と重たい感覚がみぞおち辺りにのしかかってくる。結婚式に行かないという選択は、やっぱり許されないらしい。

「……うん。いいね、プレゼント。わたしもちゃんとお金出すよ」

『そう？　無理しなくていいのよ？』

「大丈夫だって」

『じゃあ近いうちに三人でプレゼント選びに行こっか。そうそう、今年の年末年始こそ実家に顔出しなさいよ？　お父さんとお母さんも会いたがってるから。じゃ、また連絡するねー』

電話を切ってしばらくしても、姉のはつらつとした声が耳に残り続けていた。一方でわたしの胸は重いまま。たまらず天井を見上げると、またしてもため息が洩れた。

実家は国分寺《こくぶんじ》にあるから帰ろうと思えばいつでも帰れる。けれど、ここ何年もの間、足が遠のいてしまっていた。

わたしの兄も姉も、小さな頃から優秀だった。今は二人とも結婚して、子どもがいて、ごく安定した生活を送っている。セレブとまではいかないまでも、妹のぶんのプレゼント代を進んで肩代わりするくらいには、懐が潤っていると言えるだろう。

それなのに、わたしときたら……。

私立の四年制大学、しかも世間的には高学歴といわれるK大に通わせてもらったにもかかわらず、わたしが行きついたのはカフェのアルバイト店員だ。それがあまり聞こえのいい話じゃないってことくらい、誰よりわたし自身がわかっている。兄も姉も、父も母も、事あるごとにわたしを心配してくれるけど、内心ではきっとこう思っていることだろう。

何て不出来で平凡な子、と。

学生の頃なら部活の大会や試験合格という、わかりやすい目標があった。周りから提示される目標。でも社会人になってからは、自分で目標を見つけなきゃいけなくなった。目標がなくたって人は生きていけるけれど、目標のない人生は——今のわたしを見れば明らかなように——漫然としているだけで、幸せからは、遠くかけ離れている。

いつまでこんな日々を過ごすんだろう？　わたし、こんなはずじゃなかったのに。このままじゃいけないってことも、わかっているのに。

じゃあ、どうしたらこの生活から抜け出せる？

考えられるのは再就職か、結婚か。でも再就職したとして、また前と同じ目にあったら？人間関係のトラブルに巻きこまれて、勝手に嫉妬されて、面白おかしく噂を流されたら？……もしそうなったら、わたしの心は今度こそ修復不能なダメージを負うだろう。もう二度とあんな気持ちにはなりたくない。

なら結婚？　選択肢の一つとしては大いにアリだと思う。結婚すればひとまず父や母を安心させてあげられるはずだから。

じゃあ、誰と？

亮平、と？

「そんなこと考えてないだろうなあ、亮平は」

思わず独り言が洩れて、苦笑した。

亮平がわたしにプロポーズをしてくれる。そんな想像をしようとしても、うまくできなかった。今年のクリスマスだってわたしが買ってきたチキンとケーキを食べるだけで終わるだろう。彼はただ、何となくわたしと一緒に暮らしているだけ。家賃や生活費を折半できてラッキー、と思っているだけ。この先も生涯一緒にいたいとか、地元の両親に会わせたいとか、そんなことは今まで一度だって考えたことがないんじゃないかな。事実、亮平の口から将来の話が出たことなんてないのだし。

だったら別れて新しい人を見つけなよ――と、四人の女友だちが言う姿が目に浮かぶ。

もちろんわたしも、そうしようかと思ったことは何度かある。でも、男性が求めるのは得てして二十代の若い女子。三十にもなったわたしが恋人探しなんて成功するだろうか。何だかんだ亮平とは気心が知れているのだから、もう少し関係を続けていってもいいんじゃないか。そう考えて何もできないまま、ただずるずると毎日を過ごして、今に至る。

結局のところ、わたしは亮平の言う「臆病」な人間なんだろう。新しい何かを始めてみたいと思いつつも、その先にあるかもしれない壁を想像してしまって、怖くて、どうしても一歩が踏み出せない。

それはわたしに、自信がないから。胸を張れるような成功体験がないから。あるのは両手いっぱいの不安だけ。そのくせ自分にはもっと素敵な未来があるはずだと期待してやまない、惨めでちっぽけな存在。それがわたし。

……ああ、十分経った。

休憩はもう、おしまいにしないと。

「鈴木さんさ、この後の忘年会、参加しないんだって?」

カウンターの中に戻ると案の定、濱田さんにつかまってしまった。

「はい、申し訳ないですけど」

「何で?」

食い気味に聞かれて、たじろいだ。

「今までバイトの飲み会、一回も参加してないでしょ」濱田さんは言いながら、こちらへ一歩詰め寄ってくる。「忘年会くらいは一緒にどう？　店長とオーナーが多めにお金出してくれるらしいし、二次会まで来いなんてことは言わないからさ」

「あー、でも今日はちょっと……」

「彼氏さんとデートなんですよね、仁実さん」

萌乃ちゃんの言葉に、濱田さんは目をしばたたかせた。

「えっ。鈴木さん、彼氏いたの」

当然いないと思っていたんだろう。こんな無地の黒タートルばっかり着ている「地味子」に、恋人なんているはずがないと。表情を見てわかった。

「彼氏とデートだから忘年会は無理、ってこと？」

何だか叱られている気分になって、口を閉ざす。亮平と最後にデートらしいデートをしたのはどれくらい前だろう。今日だって本当はデートの予定なんかない。もしあったとしても、忘年会よりデートを優先させることは、悪いことじゃないと思うんだけど。

それでも濱田さんの圧には耐えきれなかった。

「じゃあ、少しだけ……」

「よかった、一度くらいは鈴木さんと飲んでみたかったんだ。あたしたちってバイト歴長いわりに、ほとんどシフトかぶらないじゃない？　だからこういう機会でもないとゆっくり話せないもんね」

そう言って笑みを広げる濱田さんに対し、わたしも口角を持ち上げてみせる。

わたしがあえて彼女とかぶらないようにシフト申請していることを、本人は知らない。

「すいませーん生二つ追加でー」

「あ、あたしも生ほしい」

「おっけ、じゃあ生三つ追加でー」

「そんでさ、そのマッチングアプリで知りあった子と実際に会ってみたわけよ。そしたらもう、写真と実物が違いすぎて。ゲロ吐くかと思った」

「ひっど、サイテーだね」

「だって写真、加工しすぎなんだもん。詐欺じゃね？　あーあ、俺ってカワイソウ」

居酒屋の中に響き渡る、ガヤガヤとした騒ぎ声。お酒が入ると人はみんな声が大きくなる。わたしのように声が小さくて通りにくい人間は、目いっぱいお腹に力を入れて話さないといけなくなる。

大人数での飲み会ほど苦手なものはない。わたしが許容できる人数は五人がせいぜいのところ。だから、来たくなかったんだ。

「鈴木さん、横いい？」

感じが悪くならないよう適度に相槌《あいづち》を打って笑顔を保っていたところへ、濱田さんが割りこんできた。「ちょっとごめんねー」とわたしの隣にいた男の子をどかす。どかされた男の子は一瞬むっと顔をしかめたけれど、すぐ元どおりの表情になってお喋りの輪に戻った。

「飲んでる？　鈴木さんってあんまお酒強くない感じ？」

「はい、そんなには」

「そっかそっか、じゃあ無理しなくていいよ。それにしてもうちの店ってバイトは大学生がほとんどだから、あたしら三十代は話についていけなくて疲れちゃうよねえ。ジェネレーションギャップっていうの？」

わたしは何も言っていないのに、濱田さんは「わかるわかる」と一人でうなずいている。

こちらの言動や考えを、強引に自分の側に引きこもうとする。濱田さんのこういう「ぐいぐい来る」ところこそ、わたしが彼女を苦手に思う理由だった。

「そうだ。この前ね、萌乃ちゃんから聞いたんだけど。ほら、あたしと萌乃ちゃんはよくシフトかぶるじゃない？」

どき、と嫌な予感がした。

お喋りな萌乃ちゃんは、いったいわたしの何を話したんだろう。彼女と深い話をした覚えはなかったものの、つい身構えてしまう。

しかし濱田さんの口から続けて飛び出したのは、

「鈴木さん、韓国ドラマにハマってるんだって？」

「えっ？」

何だ、そんな話か。

どうも神経質になりすぎちゃってたみたい。身構えていたぶん、肩の力が抜けた。

「そうですね、最近ちょこちょこ観てますけど」

「どんなの観てるの？」

「恋愛ものとか、サスペンスとか……でもハマってるってほどじゃないですよ。話題になってるのをつまみ食いするだけというか」

「ふうん、それだって立派な韓国好きじゃん」

「そういうわけでは……」

「じゃあさ、もしかしてＫ‐ＰＯＰも好き？」

「Ｋ‐ＰＯＰ？」

オウム返しに問うと、濱田さんは首を傾《かし》げた。

「あれ、知らない？　Ｋ‐ＰＯＰ。ここ数年すごい人気なんだけど」

もちろん、存在自体は知っている。テレビや街中で流れる曲を耳にして、いいなと思ったこともある。

でもこの歳になって十代、二十代の子たちみたいにアイドルにハマるのは何だか恥ずかしいことのような気がして、自分から何か調べたりはしていなかった。

「なるほど、まだそんなに興味はない感じね。けど韓国ドラマが好きならＫ‐ＰＯＰもきっと好きだよ。ちょっと待ってて」

言うなり濱田さんはスマホで動画を検索しだした。

「これね、うちの店の常連さん――鈴木さんは会ったことないかな、朝番ほとんど入らないもんね。とにかくあたし、その人とちょくちょく話すんだけど、最近Ｋ‐ＰＯＰに興味あるって言ったらこのグループのこと教えてくれたんだ」

ほら見て、と押しつけられたスマホを戸惑いながらも受け取る。

困ったな。動画を見終わったら何て言おう。

「確かにいいですね」とか？　「わあ、素敵」とか？　興味がないことを悟られない表情で、濱田さんの機嫌を損ねない口調で、自然に、上手に言えるだろうか。……なんて、そんなことばかり考えてしまうわたしは、本当に……。

「その常連さんもK－POP好きで、少しだけなら韓国語も話せるんだって。いいよねえ、あたしも勉強しよっかな。それで韓国行って、本場のチーズタッカルビとか食べたりチャミスル飲んだり、ミュージックビデオのロケ地めぐったり――」

濱田さんの語る声は、もう、ほとんど耳に入ってこなかった。無視したら悪いという考えすら、今はどうでもいい。

わたしの目は釘づけになっていた。スマホの画面の中に広がる、クールで華やかな映像に。

それは四人組の女性アイドルグループだった。

タイトな漆黒の衣装。

女性の強さを押し出すようなくっきりとしたメイク。

ピンクや青、銀色の髪。

寸分違《たが》わずそろったキレのいいダンス。

激しく、美しく、時に扇情的に、感情を揺さぶる歌声――。

これが「アイドル」なの？　というのが、最初に浮かんだ感想だった。

わたしの知っているアイドル、わけても女性アイドルといえば、みんな高校の制服をふんわりさせたような衣装を着て、髪はゆるく巻いた黒髪か茶髪で、とってもかわいいけれど、誰が誰だか見分けるのが難しい。いつだったか亮平が音楽番組を見ながら「日本ってマジでロリコン文化だよね」と笑っていたっけ。

でも画面の中で踊る彼女たちは、違っていた。

「かっ、こいい……」

知らず知らずのうちに、声が洩れた。それはわたしの、心の底からの賛辞だった。

こんな世界があったなんて。これほどの高揚感は、初めてかもしれない。心臓が騒がしく動いているのに、それすらも心地よく感じる。

「でしょでしょっ？　やっぱいいよね？」

「わたし、動画とかちゃんと見るの初めてで、何か……ショックっていうか、雷に打たれるって、こういうことを言うのかな……」

「あはは、鈴木さんがそこまで思うなんて。やっぱりK‐POPって最高だよね」

はい、とわたしは素直にうなずいた。濱田さんは嬉しそうに笑っていた。

「あたしの周りにK‐POP好きっていなくてさ。よかったら鈴木さん、一緒にオタ活しようよ。他にもいい曲とかグループとか、色々教えてあげるから」

わたしはもう一度、はい、とうなずいた。今度はもう少し、力強く。これまで濱田さんを苦手だと決めつけていたことを、心の中で謝りながら。

ああ、いつもの四人にも報告しなくちゃ。こんなに心躍るものを見つけたよって、早くみんなに伝えたい。でもこの興奮は、何と言ったら伝わるだろう？　この、ぱあっと視界が開けるような、今までの人生で味わったことのないような、胸の高鳴りは――。

この日、わたしは三行日記をつけなかった。わくわくどきどきする心持ちが、文字にすると色褪《いろあ》せてしまいそうな気がしたから。

何より日記をつける必要性を、感じなかったから。

4

わたしの毎日は変わった。

寝ても覚めても頭の中はＫ－ＰＯＰのことばかり。暇さえあれば動画を繰り返し見て、配信されている曲を聴いて、推《お》しのインスタグラムをチェックして。

そうしているうち、自然と韓国という国そのものについても調べるようになった。食べ物や、ファッション、コスメ、若者に人気の映えスポット。

韓国はとにかくカラフルだ。食べ物だけでも、目がちかちかするほど真っ赤なトッポギがあったかと思えば、イエローのかわいらしいわたあめ、銀河のように深いブルーのケーキ、ショッキングピンクのトゥンカロンもあって、街は多様な色であふれている。

東京にもカラフルなお菓子屋やおしゃれな洋服のショップはそこらじゅうにあるし、新大久《しんおおく》保《ぼ》に行けば本格的な韓国料理屋がずらりと軒を連ねている。けれども、本場の韓国とは何かが違う。その「何か」とは、たぶん――活気。

韓国の人同士の間では喧嘩も起きやすいそうだけど、ひるがえって考えれば、それは自分の主義主張をしっかり持っているからだ。かといって相手を蔑《ないがし》ろにすることはなく、むしろ情に厚い国民性と言えるらしい。ひとたび仲良くなれば困ったときに必ず手を差し伸べてくれるし、助けあいの精神が新たな交流の輪を生んでいくのだと、韓国在住のユーチューバーが言っていた。そういうエネルギッシュな人がたくさんいるからこそ、自ずと活気も生まれるんだろう。遠慮がいらない、開放的な空気感。

この閉鎖的な国とは正反対だ。

「お先に失礼します、お疲れさまでした」

「お疲れさまでーす」

萌乃ちゃんがけだるげにスマホをいじる姿を尻目に、わたしは店を後にする。スキップしたくなる衝動を、何とか抑えながら。

今日はこれから濱田さんと会う予定だった。

彼女のぐいぐい来るところには相変わらず戸惑ってしまうけれど、一緒にＫ‐ＰＯＰの話や韓国の話で盛り上がっている時間は純粋に……ああ、こんな風に心から「楽しい」だなんて、どれくらいぶりに感じただろう。

あれから少しずつだけど韓国語も勉強するようになった。韓国の特集をしている旅行雑誌を片っ端から集めるようにもなった。いつか、この足で韓国に行く日を夢見て。

その一方、亮平はわたしがK－POPにのめりこむことを、あまりよく思っていないらしい。さすがに口には出さないものの、「三十にもなってアイドルって」と呆《あき》れる心の声が聞こえてくるようだった。わたしが女性グループだけじゃなく男性グループの動画も毎日食い入るように見ているから、彼としては面白くないのかもしれない。

もしかして嫉妬？　まさかね。

そんなことを考えたとき、ふと、足が止まった。

見ればショーウィンドウに、真っ黒の女が映っていた。

真っ黒のタートルネック、真っ黒のダウンジャケット、真っ黒のスキニーパンツ。漆黒の服という点は同じでも、そこにK－POPアイドルの持つ華やぎは微塵《みじん》たりともない。地味で、黒一色に塗りつぶされた存在。

何だか影みたい、と我ながら思った。

影のように自分の気配を消して、自分がどう見られているかと他人の顔色ばかりうかがって、無理に合わせて、一人で疲れて落ちこんで……。

「自由に、なりたい……」

つぶやきが洩れた。自分でも無意識に出た、胸の奥底からの叫びだった。

その瞬間、わたしはやっと、わたし自身と向きあえた気がした。

……そう。他人の目からも、家族の無言のプレッシャーからも、未来の見えない恋人からも、この胸にどんよりと居座り続けている不安からも、わたしは、自由になりたかったんだ。

「なれるよ、きっと」

ショーウィンドウに映る影のような彼女に、そっとささやいてみる。すると頭の中に突如として、閃《ひらめ》きが生まれた。全身に力がみなぎるような閃きが。

思いきってわたしのことを誰も知らない土地に行けば、まったく新しい世界に飛びこんでみれば、わたしは、わたしの人生を生き直せるかもしれない。どうせ自分には似合わないと決めつけていた黒以外の服だって、着られるようになるかもしれない。

そうだ。

いつか、なんて思っていたら、そのうちまた足がすくんでしまうに決まっている。

この息苦しい東京から離れて、ここにないエネルギーに満ちた韓国へ行こう。お金なら平気。おばあちゃんが遺《のこ》してくれた百万円があるから。いざというときのためにずっと使わず取っておいたけれど、今がその「いざというとき」なんだと思う。

――そんな突拍子もないことを。

と、もう一人の自分が苦言を呈する。でも濱田さんからK-POPを教えてもらったことも、この閃きも、きっと神様の導きだ。遅れてやってきたクリスマスプレゼントに違いない。

韓国でなら、真っ黒でしかないわたしにも色がつくはず。わたしだけの、わたしらしい色が。なぜだかそう確信を持てた。

わたしにだって、きっと、平凡じゃない生き方があるんだから――。

ショーウィンドウの彼女の目には、今、明るい希望がともっていた。

善は急げ。

この言葉が今ほど心強く感じられたことはない。亮平は今晩取引先との飲み会で遅くなると言っていたから、その間に家を出てしまおう。深夜発の韓国行きのチケットや、ひとまず泊まるホテルの予約はもう取ってある。

大きなスーツケースに服や日用品を詰めながら、わたしは自分にこんな行動力があったのかと驚きを隠せなかった。

すべてを捨てて韓国に行く――そんなの無謀じゃない？ もう少し準備をしてからにしたら？ せめて、向こうで何をするかはっきり目標を立ててからにするべきだよ。急《せ》いては事を仕損じるとも言うでしょう？ 頭の中で止めようとする声を、わたしは無視した。

無計画だってことくらい百も承知だ。けど、とにかく動いてみなきゃ何も変わらないことだって、他でもないわたし自身が嫌というほどわかっている。

思うに今までのわたしは、何かにつけて考えすぎていたのかもしれない。そういう意味では悔しいけれど亮平の言うとおり。自分にはきっと無理だ。せめてお金をもっと貯めるか、秀でた特技を得てからでなきゃ失敗する、と臆病な自分に理由を与えてばかりいた。

けれどもそうやって石橋を叩《たた》いて叩いて、ひびがないか調べてはまた叩いて、渡るか渡らないか迷っているうちに、人生は終わってしまうんだ。

家族にも亮平にもバイト先にも、何も言わずに旅立とう。言ったら必ず止められてしまうし、誰かの意見に合わせて我慢するのは、もうまっぴらだもの。お世話になったバイト先のことを考えると少なからず胸が痛むけれど、遅刻や無断欠勤なんて一度もしたことがないぶん、何も言わずにいなくなるという不良じみた行動に、どきどきしている自分もいる。

と、カラーボックスの中の眼鏡ケースを取ろうとして、あるものが目に留まった。

三行日記だ。

今までのわたしが詰まったノート。

特別よかったことを思い出そうとしても、結局ありきたりな内容しか書けなくて、何度ため息をこぼしただろう。このノートがわたしの自己肯定感を高めてくれることは最後までなかった。それは、わたし自身がわたしを疑っていたからだと、今になって気づいた。

どうせ変わらない、変われない。そうやって自分を抑えこんでいたから……苦しかった。

だからわたしは、生きづらかったんだ。

「ありがとね。ばいばい」

小さくささやいて、ノートをゴミ箱に捨てる。

「纖細さん」はもう終わり。

わたしは、変わると決めたんだ。

誰にも言わないで行こうと思ったものの、しばらく考えてＬＩＮＥを立ち上げた。

双葉、美優、紫保、樹——あの四人には、わたしに寄り添い続けてくれた「親友たち」にだけは、やっぱり言っておきたい。

《わたし、韓国に行きます。いつか戻ったとき、また5人で女子会しようね》

ああ、胸の高鳴りが止まらない。三十路だからって、遅すぎるなんてことはきっとないよね。

そう自分に語りかけてスーツケースを運ぶ。玄関のドアノブをぎゅっ、と握りしめる。緊張と期待とで胸がはち切れそう。

ここから、今この瞬間から、わたしの新しい人生がスタートするんだ。

大丈夫。

心のモヤは、もう晴れたから。

そうしてドアを開いた瞬間、

「えっ——」

心臓が、止まったかと思った。

ドアの向こうには人が立っていた。

黒パーカーのフードを目深にかぶり、マスクで顔を覆ったその人は、わたしを正面から見つめていた。インターホンを押そうとするでもノックをしようとするでもなく、ただまっすぐにわたしと向かいあって——。

咄嗟《とっさ》にドアを閉めようとした途端、ぬっ、と線の細い手が伸びてきた。バチチ、とけたたましく鳴る音。わたしの体を、電流が貫く。

「な、ん……」

声が、出せない。体が、痺《しび》れて、動かない。

何で?

今からわたしの、本当の人生が始まるはずだったのに。

視界が狭まる。体がゆっくりと、後ろへ倒れていく。薄れゆく意識の中で一瞬だけ、きらりと輝く光を見た。

あれは、神様が最後に見せてくれた、希望の光だったんだろうか。

第二章　「バリキャリ」の生きづらさ

サバサバという言葉が女の属性を表すようになったのは、いつからだろう。

わたしはこの言葉が、たまらなく嫌い。

「双葉先輩、ちょっといいですか？　これ、今月末の試飲会の来客リストなんですけど。あと会場の設営イメージも」

「わかった。全部チェックしとくからそこに置いといてもらえる？　ああそうそう、フードの最終リストってどうなってるかな」

視線をやると、穂果《ほのか》ちゃんは立ったままあたふたと腕に抱えた資料を確認しだした。

ふんわりとしたシフォンブラウスに、同じくふんわりとカールされたミディアムヘア。入社三年目の穂果ちゃんは、わたしより五つも年下だ。

「ちょ、ちょっと待ってください。おかしいな、ここにあるはずなんだけど……」

「大丈夫だよ、焦らなくて」

「あっ、ありました。すいませんこれです」

「ありがと」

受け取ったリストに素早く目を通していく。その間、穂果ちゃんは緊張した様子で身じろいでいた。

「んー。概ねいいと思うけど、ヴィーガン料理がちょっと足りないかもね。当日いらっしゃるお客様の中には完全菜食主義者の方も何人かいるから」

「そっか、そうですよね。すいません」

「先方に掛けあってあと二、三品ほど増やしてもらえるかな？　もちろんワインと相性のいいものをね」

「了解です」

「それと穂果ちゃん」

「はい？」

リストを返しながら、わたしは改めて彼女の方へと体を向ける。

「この前の、招待状の発送ミスについてなんだけど――」

きつく聞こえないよう、ごくごく優しい口調で語りかけたつもりだった。

ところが穂果ちゃんは大きく目を見開くや、

「ごめんなさいっ」

と、わたしの言葉を遮るように頭を下げた。

「私のうっかりミスでご迷惑をおかけしちゃって、本当は自分で対応しなきゃなのに、双葉先輩にやらせることになっちゃって」

「うん、直前に気づけたからよかったよ。もしあのまま発送してたら」

「本当に、すいませんでした」

またしてもわたしの言葉を封じ、穂果ちゃんはしょんぼりと首を垂れる。

こんな姿を見せられてしまったら、もうこれ以上は、注意できない。

「……いいのよ。今度から気をつけてね」

「わかってます」

ごめんなさい、と穂果ちゃんは消え入りそうな声で繰り返した。「わかってます」はやめなさい。そう注意したいのは山々だったけど、彼女のしおれた表情を見ては諦めるしかなかった。

果たして彼女は理解しているんだろうか。

この子犬のような弱々しい表情が、こちらに罪悪感を抱かせるということを。謝っているその相手に、無駄な気遣いを強いているということを。

「じゃあフードの件、悪いけどよろしくね」

わたしは笑顔で言って、自分の仕事に戻ろうとした。が、話はもう終わったというのに、穂果ちゃんは斜め下を見たままその場から動こうとしない。

これは、いつものアレね。こちらからの反応待ち。仕事の悩みだとしたら早めに聞いてあげた方がいいだろう。もしかしたらいつも些細《ささい》なミスばかりしていることに、本気で落ちこんでいるのかもしれない。

そう思ったわたしは彼女の顔をのぞきこんだ。

「どうしたのよ？　元気ないじゃない」

「いえ、そんなことは。いつもどおりです」

「何かあったんなら相談に乗るよ？」

すると穂果ちゃんは待ってましたとばかりに、すぐさま隣の席に腰を下ろした。

「本当ですか双葉先輩？　私の話、聞いてくれるんですか？」

すがるような目つきに、うっ、と思ったけれどもう遅い。

性格も服のセンスもわたしとは真逆なのに、穂果ちゃんと同じチームになって以降、なぜだか妙に懐かれてしまった。つい今しがた気落ちしていたかと思いきや、次の瞬間にはこうして頼ってくるのだからつかみきれない。もちろんかわいい後輩に慕われて、悪い気なんてするはずないけれども。

「いいよ。話してみて」

「よかった、こんなこと相談できるの双葉先輩くらいしかいないいんですもん。実は私、彼氏と喧嘩しちゃって……」

しまった。嫌な予感はしたけど案の定だ。仕事じゃなくて、プライベートの相談だったとは。「やっぱり後で聞くね」と返す間もなく穂果ちゃんは言葉を継ぐ。こうなったら最後まで話を聞いて、できるだけ早く切り上げるしかない。

「前に先輩にも話しましたよね、彼とは結婚の話もしてるって。それでこないだのクリスマスに、正式にプロポーズされたんですけど」

「何だ、よかったじゃない。おめでとう」

「それがよくないんですっ。プロポーズをＯＫした直後に彼、何て言ったと思います？　結婚するんだからもう仕事辞めるよね？　って言ったんですよ」

信じらんない、としかめっ面をする穂果ちゃんは、ちょっと意外だった。てっきりこの子は専業主婦を希望しているのだと思っていたから。

「そんな考え、ありえなくないですか？　いったい何時代の人間なんだろうって思っちゃいましたよ」

「穂果ちゃんは結婚してもこの会社でやっていきたいの？」

「もちろんそのつもりです。だって、双葉先輩みたいになりたいですから」

「わたしみたいに？」

「バリバリ仕事して、欲しいものはみんな自分の稼ぎで買って、誰にも縛られない人生――それってめちゃくちゃかっこいいじゃないですか。私、先輩みたいに強くてサバサバした女になりたいんですよ」

まっすぐな眼差しでそう言われて、一瞬、何と返せばいいかわからなくなった。ひょっとすると「かまってちゃん」の典型みたいな彼女だからこそ、正反対の「サバサバ女」に憧れてしまうんだろうか。

困った。どうもこの子は、わたしを美化しすぎているみたい。それを本人に言ってみたところで「そんなことありません」とますます熱弁を振るわれてしまうんだろうけど。

「あのね穂果ちゃん。ここまで聞いといて何だけど、仕事中だからプライベートの話はまた今度にしよっか」

「あっ……そうですよね、すいません」

顔を伏せる穂果ちゃんに、「ただ」と言い添える。

「モヤモヤしたまんまじゃ仕事も上の空になっちゃうだろうから、簡潔にわたしの考えを言っておくね。その彼との結婚は、もう少し考えた方がいいと思う」

予想どおり、彼女は前のめりに身を乗り出した。

「やっぱり、先輩もそう思いますか」

「いまどき女は家庭に入るものだなんて、そんな風に考える人がいること自体、ちょっとびっくりしたというか。そういう価値観はたぶんこっちが何を言っても、一生変わらない。価値観の違いって愛とかお金で埋められるものじゃないでしょ？　だから、たとえ好き同士で結婚したとしても、後々しんどくなるのは穂果ちゃんの方じゃないかな」

「ですよね、やっぱりそうですよねっ。ああ、双葉先輩に相談してよか――」

「おい、いつまで人の席座ってんの」

ぱっとわたしたちは声のした方を見やる。

穂果ちゃんと同期の広崎《ひろさき》くんが、むすっとした顔で仁王立ちをしていた。

「ごめんごめん、もう行くから。それじゃ先輩、また今度ゆっくり話聞いてくださいね？　絶対ですからね？」

「わかったから早くどいてって」

「広崎くんに言ってないんだけどー」

むくれながら立ち去っていく穂果ちゃんを見送ると、広崎くんはやれやれといった顔でイスに腰かけた。

「まったく、みんな試飲会の準備でてんてこ舞いだってのにさ。うちの女子社員は何かっていうとすぐ双葉先輩に泣きつくんだから、先輩も大変っすよね。仕事のことだけならまだしも、恋愛相談にも乗ってあげてるんでしょ？」

「まあ、みんなだって色々と大変なんだよ」

苦笑するわたしを、広崎くんはまじまじと凝視してきた。

ツーブロックの髪に整った目鼻立ち。ふわりと香るこれは、ムスクの香水だろうか。一般的にいう男前の部類に入るんだろうけど、わたしは動じることなく彼を見つめ返した。

「何？」

「先輩って、何で結婚しないんですか？」

「……ずいぶん直球だね」

「だって不思議っすよ。こんなに仕事もできて人当たりもよくて、上司からも後輩からも厚く信頼されてて。双葉先輩って、いわゆるパーフェクトウーマンなわけじゃないですか」

口説かれている？　と思ったものの、その考えは頭から追いやることにした。

年下の男から好かれたっていいことなんか何もないというのは、今までの経験でうんざりするほどわかっているもの。

「あのぉ先輩、今晩、ひょっとして空いてたりします？　俺も仕事の相談とかしたいなあって」

はあ、考えないでおこうとした矢先にこれだ。後輩の頼みなら何でも聞いてあげたいところだけど、あいにく今、色恋なんぞに興味はないの。

わたしは笑顔を保ちながら片手を上げた。

「ごめん、今日は残業。またの機会にね」

ふと時計を見れば、間もなく会議の時間になろうとしていた。

広崎くんはまだ何か言いたげだったけれど、わたしは会話を断ち切るように資料をまとめて席を立った。

部長専用のブースへ向かい、入り口を軽くノックする。

「失礼します部長、そろそろ時間ですので会議室までお願いします」

「おっと、もうそんな頃合いか。今行くよ。それはそうと、来週ある海外チームとの交渉についてなんだが、君に書類の修正を頼みたくて……」

「発注書の修正ですよね？　昨日やっておきました。その上で海外チームに送信済みです」

すると部長は驚いたように瞬きをして、破顔した。

「そうかそうか。いやはや、こっちから言う前に先回りできるなんてさすがだなあ。他のみんなは誰ひとり気がつかないんだから弱ったもんだ。うちの部署は君がいるから回っているようなものだね？　痒《かゆ》いところに手が届くというか」

上司からの褒め言葉に、いえいえ、とわたしは首を振ってみせる。こうして称賛されるたび謙遜するのはいつものこと。傲慢に見えないよう「そんなことは」とか「とんでもないです」とか、定型文を使いまわすのはもう慣れっこだ。……でも、ときどき、嫌になる。何だか自分を卑下しているみたいで。

K大学の経済学部を卒業後、ワインの輸入販売会社に就職してはや八年。学生時代に語学留学をしておいてよかったと常々思う。外資系のこの会社では頻繁に輸入元とやり取りをするため、英語が堪能《たんのう》であることは言わずもがな、欧米人との交渉力も必須だった。

イエスかノーか。日本でまかり通る曖昧な受け答えは、欧米では通用しない。その点、今の仕事はわたしにとって天職かもしれない。昔からはっきりとものを言うタチだったから。

ただ、そのせいで小さい頃はよく周囲から煙たがられた。「双葉ちゃん、ひどい」と泣かれ、指を差され、学校の先生にこっぴどく叱られたことが何度あったか。思ったことをそのまま口にするのはこの小さな島国ではいけないこととされている。だからわたしは、本音をぐっと抑える癖をつけた。やわらかな物言いを心掛けるようになった。すると面白いほど、周りの評価がころりと好転した。

物事は言い方ひとつで受け取られ方がまったく変わってくる。さっき穂果ちゃんから受けた相談がいい例だ。

本音では、

――そんな時代錯誤な男なんてゴミよ、ゴミ。さっさと捨てちゃえば？

と唾棄したいところを、ぐっと呑《の》みこんでマイルドに言い換えた。

こんな風に言い方さえ気をつけていれば「確かに」と納得してもらえるし、時には「わたしも実はそう思ってたの」と賛同さえされるのだから不思議だ。現に穂果ちゃんもわたしの発言を聞いて清々《すがすが》しい表情になっていた。……本当はみんな何かしら不満を抱えていて、誰かが代わりにばっさり切ってくれるのを待っているのかもしれない。

手前味噌になるけれども、パーフェクトウーマンという広崎くんの評価は、わたしの周りにいる全員の評価と一致していると思う。仕事をてきぱきとこなして、やわらかく、それでいてきっぱりものを言うわたしはいつからか「サバサバ系」というくくりで見られるようになった。

とはいえこれは、わたしの本意じゃない。サバサバという言葉にはどこか冷たく不躾《ぶしつけ》な印象がある一方で、わたし自身は人に対する思いやりや、目上に対する配慮を欠かさずにいるんだから。後輩たちの相談にはどんな内容でも親身に乗るし、本音ではもっと厳しくした方がいいと思いながらも、優しい先輩でい続ける。男女平等とかジェンダーフリーが訴えられるようになって久しいけれど、やっぱりまだまだ「出る杭《くい》の女は打たれる」。そう理解しているから、男性上司に対しては出しゃばりすぎず、少し下がったところから意見を言う。

そんなわたしに周りは、

——仕事ができて気配りもできる女。

と、大きな期待を寄せている。

もちろん、ありがたいことだとは思う。でも、その期待がわたしを縛りつけていることに、いったいどれだけの人が気づいているんだろう?

わたしは、みんなが望むわたしでいなくちゃいけない。どんなに心がすり減っていっても、本当の自分をさらけ出せないフラストレーションが溜《た》まっていっても、わたしはこの期待から逃げられない。社会で生きるということは、そういうことなんだろうけど……。

会議室へと移動する途中、廊下の向こうからワゴンを押す清掃員が歩いてきた。

わたしはいつものように微笑んで挨拶をする。だって、誰にでも分け隔てなく接するのが、わたしだから。

「ご苦労様です。いつもありがとうございます」

すれ違いざま、帽子をかぶった清掃員はぺこりと会釈を返してくれた。いつもの人と違う。前のおばさんから担当が替わったんだろうか。何気なくその人を目で追っていると、不意に、ポケットの中のスマホが振動した。

美優からのLINEだ。

どうやら個別にではなく、大学時代からの仲良し五人組のグループトークに投稿したらしい。いつもみたいに女子会の招集か、美優のことだから暇つぶしに我が子のかわいい写真やら自分で焼いたパンの写真やらを送ってきたか。まあ、他の三人が反応するだろうし、しばらくは既読スルーでもいいかな。歩きながらメッセージを確認してみる。

その瞬間、

「えっ……？」

と、声が出た。

慌ただしく帰り支度をするわたしを、横から広崎くんが不服そうに見てくる。

「定時退社っすか？　今日は残業するんじゃありませんでしたっけ」

「そういうわけにもいかなくなったの。友だちと急に会わなきゃいけなくなって」

「何かあったんですか？」

「……まだ、詳しくはわからないんだけど。とにかく仕事は持って帰るから」

残業するほど仕事を抱えているのは、広崎くんへの方便ではなく本当のことだった。

今月末にうちの会社が主催する新作ワインの試飲会。わたしはそのチームリーダーを任されていた。試飲会の会場となるホテルのバンケットルームには、得意先である食品会社の重役、有名レストランやバーのオーナーたちを数多く招待している。中でも近々オープン予定のラグジュアリーホテル、そこの支配人やソムリエはとりわけ手厚くもてなすようにと、部長からくどいほどに頼まれていた。ホテルとの新規取引が成立すれば部署の業績も格段に上がる。だからそのための準備で今は手いっぱい、なんだけど——あんなメッセージを読んだんじゃ、さすがに無視するわけにもいかない。

カフェバー〈ターコイズ〉は定休日だったため、わたしたちは別の店で落ちあうことになっていた。

タクシーを降りて教えられたカフェに入ると、他の三人はすでにテーブルに着いていた。こちらを見る顔はいつもと違って、みんな硬い。ある種、異様なほどに。

たぶんわたしも同じ表情をしているんだろう。

「ごめん、遅くなった」

「大丈夫だよ。みんな今来たとこ」

と、美優が言う。もう夕飯どきだから、今日もお姑さんに頼んで子どもたちを見てもらっているんだろう。

わたしは店員に注文を告げるとコートも脱がないまま席に着いた。

「それで、どういうことなの？　仁実がいなくなったって」

《わたし、韓国に行きます。いつか戻ったとき、また5人で女子会しようね》

あのＬＩＮＥが来たのは去年の年末。今から半月ほど前のことだった。

唐突すぎる宣言に仰天して、すぐさま返信をした。グループトークを見る限り、他の三人の驚きようもわたしと同じらしかった。

《急にどうしたの》

《行くって、まさか今からってこと？》

《旅行なんだよね？》

《いつ戻ってくるつもりなの》……仁実のぶんの既読は、今もまだついていない。

「だってあの子、韓国に行ったんだよね。あれから連絡がないのもまだネットに繋《つな》いでないか、あえてＬＩＮＥを見ないようにしてるからだと思ってたのに。ほら、デジタルデトックスっていうの？　それが理由だと思ってたのに、違うの？」

突然「いなくなった」と言われても、訳がわからない。しかもそれをなぜ、美優だけが知っているのか。

すると美優はわたしたち全員を見まわして、いっそう眉を曇らせた。

「先週ね、ＬＩＮＥで電話があったの。仁実の彼から」

「え、電話って……美優、亮平さんとＬＩＮＥ交換してたんだ」

うん、と美優はうなずいた。

まるで、何でもないことみたいに。

「仁実が亮平さんと付き合い始めた頃さ、彼をわたしたちに紹介してくれたことがあったじゃん。そのときＬＩＮＥ交換してあったんだ。もちろん交換しただけで実際に連絡を取りあったことは今までなかったよ」

「そう……」

「で、先週いきなり電話がかかってきたわけだけど。亮平さんは韓国行きのこと、仁実から何も聞かされてなかったみたい」

「嘘、それじゃ家出ってこと？」紫保が眉をひそめる。「女友だちには言ったのに彼氏には何も言わないで行くなんて。やっぱ、彼とはうまくいってなかったんだね」

「どうかな。そうとは限らないかも」今度は樹が声を上げた。「心配して一度しか会ったことのない美優に電話をかけてくるくらいだから、彼も内心じゃ、仁実のことを大事に思ってたのかもしれないよ」

そう言って、樹はふっと表情を和らげた。

「ねえ美優、亮平さんに話したんでしょ？　仁実は韓国に行ったんだって。それで一応は解決したんだよね？」

彼女の声には安堵が感じられた。

ところが美優は硬い面持ちのまま、首を横に振った。

「実は亮平さん、仁実がいなくなって居ても立ってもいられなくなったらしくて、警察に相談したんだって」

警察、とわたしは思わず繰り返した。物々しい響きに気持ちがひるむ。

実際の事情はただ単に隣の国へ行ったというだけのことなのに、何だってそんな大事《おおごと》になってしまったんだろう。

美優いわく、亮平さんはまず仁実の実家に連絡をしたそうだ。しかし仁実は何と親きょうだいにすら韓国行きのことを話していなかったようで、彼らに仁実の行き先がわかるはずもなかった。そこで仕方なく警察へ足を運び、ついには捜索願を出すかどうかという話にまで至ったところ、亮平さんはようやく美優と連絡先を交換していたことを思い出し、慌てて電話をかけた。と、こういう経緯らしい。

恋人が自分には黙って外国へ旅立ってしまったと知ったとき、彼はいったい、どんな顔をしたことだろう。

そう思うと少しばかり胸が痛んだ。

「でね、わたしと電話した後で亮平さん、仁実が本当に韓国へ渡航した記録があるかどうかを警察に調べてもらったみたいで」

「まあそりゃ、彼としては本当に家出しただなんて信じたくないよね。何で急に？　ってわたしも思ったもん」

「……その結果が今日わかったそうなんだけど、仁実が日本を出た記録は、ないって」

何を言っているのだろうと思った。

記録がない？

「つまりそれって、仁実は韓国に行ってないってこと？」

「そういうことに、なるみたい」

「え、待って。じゃあ仁実ってば、わたしたちにも嘘をついたってこと？」

問いかけた紫保の声には、今や非難の色がまじっている。わたしも紫保と同じ気持ちだった。

仁実は何がしたいんだろう？　彼氏にも、そして女友だちにも無用な心配をかけて。思惑がさっぱりわからない。

「もう何よそれ、いきなり韓国に行くだなんて言われてすっごい心配したのに。仁実ったら何のためにそんなでたらめを――」

「というか、韓国に行ってないなら仁実はどこに行ったんだろう」

樹の発言に、紫保もわたしも、はっと息を詰めた。

そうだ。宣言どおり韓国に行っていたならそっちの方がよほどよかった。行き先さえわからないのが一番困る。

美優がふたたび重い口を開いた。

「もしかしたら、わたしたちのところにも警察が話を聞きに来るかもって、亮平さんが言ってた。捜索願はもう、出したそうだから」

みんなの顔がだんだん青くなっていくのがわかる。

当たり前よね。まさか本当に、警察沙汰になっちゃうなんて。自分の身の周りで行方不明者が出るだなんて、普通に生きていたら考えすらしないもの。

……ただ実のところ、わたしはそれほど心配していなかった。

「思うんだけどさ、あの子はたぶん〝ここじゃないどこか〟へ旅に出たんじゃないかな」

「ここじゃないどこか、って?」

「さあ。自分探しの旅なのか、ただの家出かもわかんないけど。ほら、仁実って、そういうところあったじゃない？　突然ふらっといなくなるみたいなさ。大学の頃だって連絡つかないって騒がれてたことあったし」

「そういえば、そんなこともあったね」

「でしょ？　まったく変なところで行動力を発揮しちゃうんだから、心配する方の身にもなってほしいよね」

あるとき、ふと何もかもが面倒になって、すべての繋がりを衝動的に絶ってしまう「人間関係リセット症候群」。これに当てはまる人は少なくないとテレビで見たことがあるけれど、仁実も間違いなくそのうちの一人だった。普段から人の目を気にしてばかりいる反動なのか、かえって人の不信を買うような行動をしてしまうんだから、厄介としか言いようがない。

覚えているだけでも大学にいた頃から今までに三度、仁実が連絡先を全消去したことでちょっとした騒ぎになった。もっとも仁実にとってわたしたちの存在は特別だったようで、三度ともわたしたち四人の連絡先だけは消さずに残していた。そういう点で今回はちょっと様子が違うとも取れるだろうけど、

「まあ、また女子会しようねって書いてあったくらいだし、ＬＩＮＥをブロックされてる感じもしないから、そのうちひょっこり戻ってくるでしょ。わたしたちはそのときを待つしかないんじゃない？」

わざわざ行き先を偽っていなくなるほど今回のリセットは本気なのか。はたまた周囲の人間から心配してほしいだけなのか。何にせよ、わたしに言わせればとんだ「こじらせ女」だし、はた迷惑なことには変わりない。要は心配するだけ損ってこと。こんなことなら予定どおり会社で残業しておくんだった。

どうやらわたしの話でみんな、仁実のお騒がせな一面を思い出したらしい。

「確かに、双葉の言うとおりかもね……」

そう口々につぶやく様からは、疲れと呆れが見てとれた。

2

「それで、そのお友だちはどうなったんです？　もう見つかりました？」

と、高峰《たかみね》さんが問いかけてくる。

今日は日曜日。仕事から解放されて、疲れた羽をうんと伸ばせる日。パーソナルジムでストレッチをしながら、わたしは仁実に関する一連のことをトレーナーである高峰さんに語った。

彼女の顔は心配そうでありながらも、どこか興味津々といった様子だ。

「ううん、まだ見つかってません。でも便りのないのはよい便りって、よくいうじゃないですか。だからそんなに気を揉《も》まなくてもいいと思うんですけどね」

楽観視しすぎかもしれないと自分でも思う。でも、どうしようもないじゃない。誰も仁実の本当の行き先に心当たりがないんだから。とはいえ、

「……こんな風に考えるわたしって、薄情なんですかね？」

自虐的に言うと、高峰さんは「いやいや」と首を振った。

「そんなことありませんよ。私の知り合いにもいますもん、そうやっていきなり謎な行動を取

っちゃう人。こちらとしては手助けのしようもないんですよねえ。ただ、お友だちも帰ってくるときバツの悪い思いをしてるでしょうから、そこで変わらず接してあげれば充分なんじゃないですか？」

「ですよね。うん、本当にそう」

高峰さんとの付き合いはかれこれ三年になる。

ジム客とトレーナーというだけでそれ以上でも以下でもないけれど、歳が近いこともあって気兼ねなく話ができる。お互い物事を見る感覚も似ているから、会社にいるときよりも素の自分でいられる。

「じゃあお友だちと再会したときのためにも双葉さん、今までどおりのスタイルでいなくちゃいけませんよね。今日は少しハードコースでいってみましょうか」

「げ、ハードコース？」

「最近トレーニングもご無沙汰でしたし、ちょっぴりお肉もつき気味ですし？」

「うわあ、やっぱそう思います？　ワイン飲んでたら太らないと思ってたんだけどなあ」

「それは食べるもの次第ですよ、さあ」

立ち上がろうとするわたしの手を、高峰さんは茶目っ気たっぷりに笑って支えてくれた。今日はまず太ももを鍛えることからだ。

「負荷はいつもより重めにしましょう。少し調整しますからね」

「はあい」

器具に腰かけて待ちながら、わたしは自ずと、仁実の顔を思い出していた。

だって、誰とも連絡を絶っていなくなるなんてこと、フリーターの人くらいしかできないもの。会社勤めをしているわたしにはとても真似できやしない。

正直、仁実が羨ましい。

過去にセクハラを受けて退職してからというもの、仁実はふたたび正社員を目指すべきかどうかを迷っていた。K大出身でフリーターというのは体裁が悪いと感じていたんだろう。でも現実、カフェのアルバイトという責任もさほどない仕事で食べていけているなら、それで満足すればいいのにとわたしは思っていた。

どうせあの子のうじうじした性分じゃ、どこの会社に行ってもセクハラないしパワハラのターゲットにされてしまう。何しろマンネリ気味の彼氏と真っ向からぶつかろうとせず、女友だちに不満を匂わせるのがせいぜいだったんだから。思いきり愚痴を吐き出すでもなく、やんわりと匂わせて、こっちの気遣いを引き出す。そのくせこっちが代わりに悪口を言ってあげると、途端に話を切り上げる。彼のことをけなされるのは不本意だ、と言わんばかりに。そこが仁実のずるいところだった。家出するほど嫌ならさっさと別れればよかったものを。まあ、今まで彼氏とは家賃も生活費も折半していたようだったから、別れて負担がかさむよりはという打算もあったのかもしれない。

「そういえば、一つ引っかかったことがあって。これ、どう感じるか高峰さんにも聞いてみたいんですけど」

「別の友だちがね、既婚者なんですけど、例の失踪した子の彼氏と連絡先を交換してたことがわかったんですよ」

「何ですか？」

器具を動かしながら言うと、高峰さんは声をひっくり返した。

「えーっ、それマジですか」

「マジマジ。ぶっちゃけ、どう思います？」

「いやあ、双葉さんのお友だちのこと悪く言いたくありませんけど、ないですねー」

やっぱりね、と心の中でつぶやいた。

「しかもその方、既婚者なわけでしょう？」

「そう、子どもだって二人いるし」

「嘘、信じらんない。それで友だちの彼とって、どういうつもりでそんな……あ、ごめんなさい。ついヒートアップしちゃって」

両手を合わせて謝る高峰さんは、つい最近、恋人の浮気が原因で破局したことをわたしに話してくれた。きっとその怒りが再燃したんだろう。

まったくもって彼女の言うとおりだ。

いくら他意がないからって、人妻が友だちの彼氏とＬＩＮＥ交換するのはどうなの？　非常識だと美優は考えなかったんだろうか？　紫保と樹の意見も聞いてみたいところだったけど、さすがにそれは気が咎《とが》めてできなかった。

「はーあ、世の中そんな話ばっかり。そのお友だちが実際に浮気してるわけじゃないにせよ、そういう軽い言動がいずれは浮気に繋がっていくんですよね。やだやだ」

と、高峰さんは身震いするような仕草をした。

「私ね、次は絶対、浮気しない彼氏を作るって決めてるんです。もう裏切られて泣くのはまっぴら。お互い好きで好きでたまらない人、それでもって私だけを愛してくれる人と結婚して、おじいちゃんおばあちゃんになってもラブラブでいたいんです」

「はは、そんな……」

おとぎ話じゃあるまいし、と出かかった言葉を慌てて呑みこんだ。

危ない危ない。高峰さんとは気心知れた仲だけど、辛辣すぎる発言は控えておかなくちゃ。その代わり、

「それ、〝ロマンティック・ラブ・イデオロギー〟ってやつですね」

と言うと、高峰さんはきょとんと首をひねった。

「唯一無二の相手と出会って、猛烈に惹かれあって、結婚して、一生添い遂げたいと思うこと。簡単に言えば純愛至上主義、ってところかな」

「へえ、知らなかった。ひょっとして双葉さんも同じですか？　ロマンティックなんちゃらってやつ」

「どうでしょうね。……たぶん、わたしは違うかな」

純愛も、純愛から繋がる結婚も、なるほど素敵なことだと思う。その理想は理想として、も

ちろん否定するつもりはない。

だけどわたしには必要ないし、興味すらない。

「実はわたし、結婚願望ないんですよね」

途端、高峰さんの目が点になった。

「何でっ？　双葉さんならいくらでもいい結婚相手がいるでしょうに」

「そんなことないですよ。だってわたしの元彼って年下のヒモ願望がある人ばっかりだったし。男運がないのかなあ。何でか知らないけど、そういう甘えたがりな男性しか寄ってこないんですよね」

「あー、何かわかる気がする。双葉さんってアネゴ肌ですもんね」

苦笑いがこぼれた。

そういえば同じことを美優と紫保にも言われちゃったな。

「とにかく、もう恋愛はいいんです。ありがたいことにそこそこのお給料もらえてるから、無理して結婚する必要もないかなあって。性欲もそんなにない方だし、絶対に子どもが欲しい、ってわけでもないし。頼られる恋愛ばっかりしてたら何だかもう、疲れちゃって」

これは恋愛に限った話じゃない。

会社の上司も、後輩たちも、みんなわたしを頼ってばかり。この見た目がいけないんだろうか。少し吊り上がった目尻、ショートのワンレンボブが、ブランドもののスーツやアクセサリーが、わたしという人間を頼りがいがある風に見せてしまうのかもしれない。たとえば美優や穂果ちゃんみたいにふんわりした格好をすれば、今みたいに頼られずに済むんだろうか。

頼られるということは、その人のぶんの荷物も持ってあげるということ。

だとしたら、わたしの荷物は、いったい誰が持ってくれるんだろう？

「まあ確かに、双葉さんには結婚なんて必要ないかもしれませんね。自分ひとりで生きていけるだけの財力も、強さだって持ってらっしゃいますもん」

強さって、何。

「いい大学出て、誰もが聞いたことある外資系企業でいいポジションについて、英語だってぺらぺらで、いわゆる〝バリキャリ〟って感じですもんね。それでいて気取ったところもないから尊敬しちゃいますよ。いつも気さくでサバサバしてて」

出た、またその言葉。元々の語源は爽やか、あるいは水が流れる擬音だということを、果たしてどれくらいの人が知っているんだろう？　いつから世の中で「サバサバ＝強い」という図式ができあがってしまったんだろう？　本当のわたしはそんなんじゃないのに。

バリバリ働くキャリアウーマン。昔はそうなりたいと思っていた。ただ、実際にバリキャリと呼ばれる女になってみると、これが本当にわたしの理想だったのかどうか、よくわからなくなってしまった。会社の歯車として働くうちに疲れて、消耗して、やりがいや生きがいというものを感じづらい体になってしまったのかもしれない。わたしは人よりも多く仕事を任されてしまいがちだから、なおさら。

かといって転職は考えにくい。万が一築き上げたキャリアを手放すことにでもなったら、今までの努力や苦労が無駄になってしまうもの。それならいっそのこと、早期リタイアして喧噪《けんそう》から離れた生活を送りたい。他の誰かを支えてばかりいる毎日から解き放たれて、わたし自身を大切にできたら、どんなにいいだろう。

「さ、次は背中の筋肉を鍛えましょうね。って、あれ？　双葉さん、どうかしました？」

「……いいえ、何でも」

「じゃあ向こうに行きましょっか」

あのね、高峰さん。

わからないかもしれないけど、バリキャリには、バリキャリの辛《つら》さがあるの。本当のわたしは強くなんかないんです。言いたいことの半分くらいしか言えなくて、あとの半分は自分の内側に溜めこんじゃうような女なんです——なんてことを伝えたら、きっと、わたしを見て目をきらきらさせている彼女をがっかりさせちゃうんだろうな。

「双葉さんは本当にすごいですよ。まさしく現代の女の理想です」

憧れられるのも楽じゃない。

ああ、わたしはいつまで「デキる女」でいなくちゃいけないんだろう。この型は見栄えこそいいけれど、狭くて、息苦しくて、他人から求められるばっかりで……。

「はあ……」

一月の凍《い》てつく空気が身に沁みる。

せっかく汗と一緒に日頃の疲れを流してしまおうと思ったのに、トレーニングを終えてもわたしの心は晴れないまま。ワインの澱《おり》みたいに、どんよりとしたものが胸の底に滞っている。

高峰さんも結局は、本当のわたしをわかってくれない。

仁実も、美優も、紫保も同じ。だけど、

——つくづく、わたしたちって、生きづらいよね。

やっぱり樹は、わかってる。

彼女は人の心理を描く漫画家。「生きづらさ」をテーマに作品を描いてきたからこそ、ああしてわたしの心情にも深く共感できるんだろう。仲良し五人組の中で真にわたしを理解してくれているのは、樹だけな気がする。

あとは——。

「もしもし？　ええ、そうです。急なんですが、今日の十七時からお願いしたくって。……はい、いつもの場所で」

スマホをしまって、休日の通りを歩きだす。

数少ないわたしの癒やし。わたしの「理解者」と会うために。

3

月曜日。世間では週の始まりを憂鬱なブルーマンデーというけれど、それとは裏腹にわたしの心は晴れ渡っていた。

今日も清掃の人に挨拶は欠かさない。丁寧に、決して上から目線にならないように。

「ご苦労様です。いつもありがとうございます」

やっぱり前いたおばさんから担当が替わってしまったみたい。ワゴンを押す清掃員はこちらを見るでも帽子を取るでもなく、ただぺこりと会釈をするだけで向こうに行ってしまった。何だかなあ。これなら前のおばさんの方がよかった。

あの人はいつだって愛想よく挨拶を返してくれたし、分相応というか、腰が低くて好印象だったのに。

「……ま、いっか」

ともあれ、どんよりモードはもうおしまい。わたしは意気ごむとフロアへ繋がる廊下を歩きだした。背筋を伸ばし、まっすぐ前を見て。何といっても今日は特別な勝負の一日だ。みんなが求める「双葉先輩」「デキる女」に戻らなくちゃ。

休日にたっぷり英気を養えたおかげで、体も心もいきいきとしていた。周りから課せられる重荷は変わらないだろうけど、今週もきっと頑張れる。いつもと同じように。

でも、フロアの様子は、いつもとどこか違っていた。

最初に違和感を覚えたのは音だ。

聞き慣れない妙な音が、そこかしこから聞こえる。

「おはようございます」

不思議に思いながらも声を上げた途端、顔をうつむけていた同僚たちが、ばっと一斉にこちらを見た。

全員の視線が、今この瞬間、わたし一人に集中している。それなのにどうして誰も、挨拶を返してくれないんだろう？　この空気はいったい何？

何で全員、こんなにもよそよそしいの？

ある人は決まり悪そうな顔をし、ある人はなぜだか赤面し、またある人は、わたしと手元のスマホとを代わる代わる見ている。そこで気がついた。みんな、どうやらスマホで動画を見ていたらしい。

妙な音は全員のスマホの中から聞こえてきていた。

「おはよう穂果ちゃん。何かあったの？」

声をかけるや、穂果ちゃんはびくっと肩を震わせた。いつもなら向こうから懐っこく挨拶をしてくるというのに、今日の態度は全然違う。ためらいがちにわたしを見て、

「急にこれが、送られてきて」

と、スマホの画面をこちらに向けた。

『や、ああ、やああっ』

それが、喘《あえ》ぎ声だとわかるまでに、しばらくかかった。

え？

え？

何なのこれ。何？

動画の中の女は大事なところをほぐされて、恥ずかしげもなく体をくねらせている。

「これって、そうだよな？」

誰かのささやく声がした。ちらちらとこちらを見やる視線。

『駄目、やらあ、響也《きょうや》くん、もう駄目なのお……っ』

女の体がぐんと海老ぞりになる。絶頂に至る自分の姿を、わたしは、無言で眺めていた。

へえ……第三者の視点からだと、わたしの体はこんな風に見えるんだ。お肉がつき気味、と高峰さんが冗談ぽく言っていたけど、案外冗談じゃなかったのかも。……他人事《ひとごと》みたいに、そんなことを考える。そんなことしか、考えられない。

突然、穂果ちゃんのスマホにポップアップが表示された。

《ＡｉｒＤｒｏｐ　××さんが1本のビデオを共有しようとしています》

フロアが一段とざわついた。

「うわ、また来たよ」

口々に上がる困惑の声。それでもみんな、躊躇《ちゅうちょ》する様子もなく動画を再生し始める。その目に浮かんでいたのは紛れもない好奇だった。

穂果ちゃんも誘惑に勝てなかったのだろう、すぐ横にわたし本人がいるというのに、うかがいを立てるでもなく《受け入れる》をタップした。


『サバサバしてるってみんな言うけどさ、あれ、やめてほしいんだよね。がさつな感じがするんだもん』

『じゃあ何て言われるのがいい？』

『んー、何だろう。さっぱり系、とか？』

『あんまり変わらなくない？』

『そうかなあ、あはは』

動画の中のわたしは、素っ裸のまま、響也くんにもたれかかって屈託なく笑っている。

もしかしてフーゾク？　と、また誰かのひそひそ声がした。

どくんどくんと、全身の血が激しく脈動するのがわかる。頭が必死に状況を呑みこもうと回転している。

それなのに、足が、動かせない。声も出せない。

どうしよう。何でこんな動画があるの？　見ないでって叫ぶべき？　穂果ちゃんからスマホを奪う？　みんなのスマホも全部奪い取って、それから、それから……。

それで、その後は？

『俺はちゃんと見てるよ。双葉さんは、頑張りすぎなくらい頑張ってる。デキる女でいるのも辛いよね』

『そんな風に言ってくれるの、響也くんだけだよ。だって会社の誰も、本当のわたしを知ろうとすらしてくれない。わたしをバリキャリの型にはめて、頼って、甘えてさ。こないだなんか、仕事中だっていうのに後輩のかまってちゃんが恋愛相談なんかしてきてね。どう見てもこっちが忙しくしてるのにだよ？　彼氏にプロポーズされたけど迷ってるとか何とか、そんなの知らないわよって感じ』

やめて。もう喋らないで。

『女は結婚しても仕事を続けるのが当然、なんだってさ。わたしが言うならともかく、大して仕事のできない子が言うんだもん、おかしくって笑いそうになっちゃった』

お願いだから、もうやめて――。

『いっつもわたしに凡ミスの尻ぬぐいをさせてるくせに。そういう子に限って、頑張ってね、とか言うだけで困り顔してくるんだからもう何にも言えない。いまどき何がきっかけで精神病まれるかわかんないし、パワハラだとか訴えられたらたまったもんじゃないし。そうやってこっちに気を遣わせてばっかのくせに、持ってるポリシーだけはいっちょ前なんだから』
『その子、双葉さんに憧れてるんじゃない？　だから双葉さんと自分を同一視しちゃってるんだよ』
『そうね。それって普通は嬉しいことなんだろうけど、わたし、もう憧れられるのはうんざり。頼られるのもうんざりなの。いっそのこと会社だって辞めちゃいたい。
だってさ、要領よく仕事をこなしてると、あいつはどうも余裕らしいって勝手に思われて、もっとたくさん仕事を押しつけられちゃうんだよ？　それっておかしくない？　わたしが要領よく仕事をこなすためにどれだけ試行錯誤してきたか、毎日どれだけ知恵を振り絞ってるか、それで人より疲れちゃうことも、どうしてみんな理解してくれないんだろう。何でいつもいつも、努力してない人のぶんの仕事まで当たり前みたいに押しつけられなきゃいけないの？　みんなもわたしと同じくらい努力すればいい話じゃないの？
……なんてこと言ったら、いけない時代なんだよね、きっと。もっと努力すればとか、やればできるよとか、励ますつもりで言ってもどうせ、価値観を押しつけるなって返されちゃうのがオチなんだろうし。わたしが強いわけじゃなくてみんなが弱すぎるだけなのに、それなのに勝手に強いって思われて割を食うんだから、ほんと生きづらいよ。デキる女になんて、もう見られたくない。損するばっかりなんだもん。わたしだって本当は誰かに頼りたいのに』
『本当の双葉さんは、こんなにも甘えたがりなのにね』
『そう、そうなのよ……ありがとう、響也くん。こうやって本当のわたしを理解してくれるのは響也くんだけ。やっぱり今日、予約してよかった。またここで会おうね』

響也くんから優しく頭を撫《な》でられて、裸のわたしは満足そうな顔で彼に絡みつく。動画はそこで終わった。

「…………」

顔を、上げられない。隣にいる穂果ちゃんも、何も言わない。

みんながわたしを見ているのがわかる。視線がこんなにも鋭く突き刺さっているのに、わたしは、どこにも逃げられない。

動画が撮影されたのは間違いなく昨日の夕方だ。トレーニングジムを出たわたしは、女性用風俗に予約の電話を入れた。そしてラブホテルで、贔屓《ひいき》にしているセラピストの響也くんと待ち合わせた。

どうして、という言葉が頭の中を駆けめぐる。

どうして撮られたの?

どうしてこんな姿を見られなきゃならないの?

どうして、どうしてわたしが――。

「少し、向こうで話そうか。みんなは仕事に戻って」

部長の呼びかける声で、はっと現実に引き戻された。

いつの間にか穂果ちゃんは横からいなくなっている。ふと視線を転じれば、口元に手をやる広崎くんと目が合った。あたかも笑いをこらえるような仕草をする広崎くん。

何で？　だって君は、わたしに好意を寄せていたでしょう？　それなのに、どうして笑うの？　どうしてそんな目でわたしを見るの？

「はあ……よもやこんなことが自分の周りで起きるなんて。ニュースの中だけのことだと思っていたのに」

会議室で二人きりになるなり、部長は頭痛がするかのように額を押さえた。

わたしもニュースで見たことがあった。アイフォンのエアドロップ機能でわいせつな写真や動画を不特定多数に送りつける、通称「エアドロ痴漢」。せっかくの便利な機能だけど、犯罪に使われちゃうなら考えものね。まるで爆弾みたい。それくらいの感想しか抱いていなかった。

わたしだって部長と同じだ。こんな事態に遭遇するなんて、今の今まで想像すらしたことなかった。想像できるはずないじゃない。その上まさか、他でもない自分が、被害の当事者になるだなんて。

「参ったな。こういうときは女性同士の方が話しやすいんだろうが……その、大丈夫か」

わたしは無言でうなずいた。

もちろん、まったくもって「大丈夫」なんかじゃないけれど。

「さっきの動画に心当たりがあるなら、しかるべきところに訴えた方がいい」

部長がやたらまわりくどい言葉づかいをするのを、わたしは黙って聞いて、またうなずく。

「まあ、何だ……君が日頃、どんな不満を持っていたか、よくわかったよ」

どくん、と心臓がざわつく。

部長の声は、打って変わって冷たく耳に響いた。

違うんです。誤解なんです。そもそも仕事の軽い愚痴くらい、誰だってどこかで吐き出しているものでしょう？　わたしはそれをさらされちゃっただけで、部長や他のみんなに聞かせたかったわけじゃなくて――脳内では慌ただしく弁解をしているのに、わたしの舌は、一向に動いてくれない。

「ともかく、だ。今日がどれだけ大切な日かはあえて言わずとも承知しているだろう？　チームリーダーなしじゃ試飲会を進行できない。とりわけ新ホテルの支配人は君のことをいたく気に入っているんだ。うまくいけば今日、あと一押しで契約が取りつけられる状況だってことは、君も当然わかっているね？　そんなわけだから今はひとまず仕事モードに切り替えてくれ」

また押しつけてしまって悪いがね、と部長が含んだように言い添える。

頭の中は、もう真っ白だった。


そして爆弾は、ふたたび投下された。

『駄目、やらあ、響也くん、もう駄目なのお……っ』

『本当の双葉さんは、こんなにも甘えたがりなのにね』

『そう、そうなのよ……ありがとう、響也くん。こうやって本当のわたしを理解してくれるのは響也くんだけ』

どよめきが、見る見るうちに会場中に広がっていく。

試飲会の招待客たち——得意先であるレストランのオーナー。バーのソムリエ。セレブなワイン愛好家。わたしの目の前にいる新ホテルの支配人も、片手にワイン、もう片方の手にスマホを持って、険しく眉をひそめている。

またしても全員の視線が、こちらに向けられる。

わたしの体中から、ゆっくりと血の気が引いていく。

「これ、って」

あなたですよね？　支配人の目はそう尋ねていた。

どうしてだろう。きらきらしたシャンデリアの明かりが、いやにまぶしい。こんなにも華やかな空間で、こんなにもいやらしく恥にまみれた音声を聞くなんて、ちぐはぐだ。違う。これは違う。きっとそう、夢なんだ。日頃のストレスが溜まっているから、こんなタチの悪い夢を見てしまうんだ。そうでなきゃおかしいもの。こんなことが、現実に起きるなんてことは——。

呆然《ぼうぜん》と見渡してみれば、向こうの方で部長がぺこぺこ頭を下げながら、「申し訳ございません」と招待客に平謝りをしている。広崎くんの顔は見るからに迷惑そうだ。妙なトラブルを持ちこみやがって、とでも思っているんだろうか。ワインをサーブしていた穂果ちゃんは、今まで見たことのない形相でこちらを睨んでいた。

軽蔑と、失望のこもった目で。

わたしの手にあるワイングラスの中で、新作の真っ赤なワインが小刻みに波打っている。足の感覚がない。まるで足元にぽっかり穴が開いて、動けないまま宙に浮いているみたい。

このまま誰か、殺してくれればいいのに。

『わたし、もう憧れられるのはうんざり。頼られるのもうんざりなの』

どうして？　どうしてこんなことになったの。わたしが何をしたっていうの。

今までたくさん努力して、不公平だと思うことでもたくさん我慢して、言いたいことを呑みこんで、誰よりも頑張ってきたわたしが、どうしてこんな目にあわなきゃいけないの。何でこんな目で見られなきゃいけないの……？

4

《どうしよう樹。わたし、もう、どうしていいかわかんないよ》
震える手でスマホにメッセージを打ちこむ。するとものの数秒で既読の表示がついた。
《どうしたの？　落ち着いて、何があったか話して。双葉さえよければ電話しようか？》
本当はすぐにでも電話したかった。樹に洗いざらい打ち明けて、助けてほしかった。けれども今は無理。
カラン、と鳴ったドアベルの音で、わたしは視線を上げる。
喫茶店のドアを開けて入ってきたのは、女性用風俗店のオーナーと響也くんだった。

「すいませんね、お待たせしちゃって」

わたしより少し年上に見えるオーナーは、軽い口調で言うとソファにどっかり腰を沈めた。

響也くんは伏し目がちに黙っている。ちらりとわたしを見たのも束の間、すぐに目をそらして下を向いてしまう。まるでおびえているかのように。

「あれですよね、動画の件」

オーナーがテーブル脇のメニューを手に取りながら言った。

「こんな呼び出しなんかしなくても、電話でお話ししたことがすべてなんですが……あ、すんません。ホット一つと、アイスラテ」

この状況で、よくも平然と注文なんてできるわね。

「電話じゃ埒《らち》が明かないから呼び出したんです。あんな卑劣なことしておいて、どういうつもりですか。あれはれっきとした犯罪ですよ」

「じゃあここじゃなくて、警察に行った方がいいんじゃないですか？」

そう鼻で笑うように返されたけど、わたしは、自分でも驚くほど冷静だった。別に人の耳目があるから冷静を装っているわけじゃない。

会社と試飲会会場でエアドロップ爆弾が投下されたときもそう。人間は誰でも、パニックになりすぎると、激昂《げきこう》したり取り乱したりすることさえできなくなるらしい。

「もちろん警察にも行きます。あなたたちを連れて」

「えぇ、何でですか。困ったなぁもう」

「まずその態度を改めてください。電話口でもそうやってへらへらして、しらばっくれて」

「そう言われましても」

「だいたいあなた、事の重大さをわかってるんですか？　あんな動画を盗撮して不特定多数にばらまくのは立派な犯罪行為ですよ？　会社の同僚にも、取引先にまであれを見られて、そのせいでわたしは……」

否応なく、昨夜の記憶がよみがえってきた。

あれだけ必死に準備してきた試飲会は、当然ながらあのままお開きになった。同僚たちの目は総じて「お前のせいだ」と言いたげだった。

会社のブランドに泥を塗ったのは、わたしじゃない。わたしは被害者だ。けれど、果たして人事部はどれだけそのことを理解してくれるだろう。「とりあえず明日は休みなさい」と言ってため息まじりに去った部長は、今後わたしを庇《かば》ってくれるだろうか。部長のことだって今まで散々フォローしてきたんだから、わたしをフォローし返すのが筋。それをちゃんとわかっているんだろうか？　まさかこのままクビ、なんてことはないよね？

「……とにかく、一緒に警察へ行って、自分たちがやったことを認めてください。言っときますが刑事罰だけじゃありませんよ。慰謝料も請求させてもらいますから」

「ちょ、ちょっと待ってくださいよ。こっちは何もしてないのに警察とか慰謝料とか、話が飛躍しすぎですって」

「まだしらをきるんですか？　だってあの動画は」

「ラブホの中で撮られたんですよね？　いつものスイートで」

わたしの言葉を遮ると、オーナーは長ったらしく息を吐いた。

「電話で何度も言いましたけどね、今回のことにうちは一切関与してませんよ。盗撮も、拡散も。第一、そんなリスクの高いことしてうちに何のメリットがあるんですか」

「それは、そういう動画を売って稼ぐとか」

「そんな二束三文にしかならないことはしませんって。割に合わないですから」

言葉に詰まった。

二束三文。それが、わたしの裸の価値ってこと？

「しかも二人っきりの密室で盗撮なんかしたら、うちが犯人ですって言うようなもんじゃないですか。そんな怪しまれて当然のことをわざわざすると思います？　双葉さん、いつも同じラブホの一番高いスイートルームを指定してましたよね。そこに誰かがカメラを仕込んでおいたんじゃないですか？」

「誰か、って」

「そんなのわかりませんよ。それこそ二束三文でもいいから稼ぎたい奴とか、色々いるでしょ。単にいたずら目的とか、自分で楽しむために盗撮する奴とか。あーでも、その動画って、職場にピンポイントでばらまかれたんでしたっけ……」

やや間を置いて、オーナーが口にした言葉は、わたしの心をひどく揺るがした。

「双葉さん、もしかして誰かに恨まれてるんじゃないですか？　そいつがカメラを仕込んでたんですよ、きっと」

「そんなはずは――」

「しかも犯人は一人じゃなかったりして。ほら、二ヵ所で爆弾投下されたって言ってましたけど、どっちも同じ奴の仕業とは限らないでしょ？　会社で動画をばらまかれたとき誰かがそれを保存していて、別の場所でばらまいたとか」

ぶるる、と振動音が鳴る。すかさずスマホを取り出したオーナーは、「すんません、ちょっと」と言ってそそくさと席を立ってしまった。

テーブルには、わたしと響也くんだけが残された。

誰かに恨まれている――それが本当だとしたら、いったい、誰が？　わたしを陥《おとしい》れるために、あんなことを？

もしそうなら、犯人はわたしの身近にいる誰か、ということになるんだろうか。

ふと思い浮かんだのは、穂果ちゃんの顔だった。

――だって、双葉先輩みたいになりたいですから。

ひょっとしてあの子は内心でわたしを妬んでいたのかもしれない。憧れが嫉妬に繋がることなんて、いくらでもあるもの。もしくは広崎くん？

――あのぉ先輩、今晩、ひょっとして空いてたりします？

ありうる。フロア中に動画が広まったとき、彼はわたしを見て意味ありげに笑っていた。わたしが彼の誘いを軽くあしらったから、腹いせにあんなことをしたのかも。そういえば部長だって怪しい。

――うちの部署は君がいるから回っているようなものだね？

ああやって口では称賛しておきながら、腹の底では有能なわたしを目の上のたんこぶだと思っていたかもしれない。

それに、仲良しの女友だちだって……ううん。それはさすがに、考えすぎ。

確かエアドロップは九メートル以内にいないと機能しないから、うちの社員じゃないみんなが動画を送信することはできなかったはずだ。

誰なの？

誰がわたしを、誰が。

ぐるぐると、疑心暗鬼になった思考はまとまらない。

これから会社でどうすればいいの？　あんな動画を見られて、明日どんな顔で出社しろっていうの？　もう今までどおりには振る舞えない。今のポジションだって、下手したら降ろされるかもしれない。何でわたしが、何で……。

「ねえ」

無意識に、声が洩れた。

テーブルの向かいに座る響也くんは、ずっと下を向いたままだった。

「ねえ、何で黙ってるの？　何か言ってよ」

気を抜けば、たちまち涙がこぼれてしまいそうだった。どこにやったらいいかわからない怒りと、動揺と、そして不安を、わたしは響也くんにぶちまけた。

「お願いだから何か言ってよ。もう疑ってなんかない。そもそも響也くんだってあの場にいなかったんだから、エアドロップを使えるはずないもんね。わたし、パニックで訳わかんなくなっちゃって、それで勘違いしちゃって、ごめんね？　響也くん、今までいっぱい慰めてくれたじゃない。甘えさせてくれたじゃない。本当のわたしを、理解してくれたじゃない。響也くんならわたしの今の気持ちも、わかってくれるよね？　ねえ……お願い」

わたしを、安心させて。

大丈夫だよ、わかってるよって、いつもみたいに言って。

すると響也くんは顔を上げた。

いつもの優しい微笑みを浮かべて、

「めんどくさ」

「えっ？」

「何が〝本当のわたし〟だよ。前からずっと思ってたけどさ、ただグチグチ不満垂れてただけじゃん？」

違う。こんなの嘘。

「いいお客さんだったから話合わせてたけど、いい加減うっとうしいよ。こうやってトラブルになっちゃったからにはもう俺を指名することもないでしょ？　つうか、オーナー的にも双葉さんはもう願い下げだろうから、演技するのやめて本音で喋るね」

誰？　こんなの、わたしの知ってる響也くんじゃない。

「双葉さんさあ、今まで専業主婦やってる友だちのこととか、ジムのトレーナーのこととか、散々小馬鹿にしてたじゃん。あれって本当は羨ましかったからでしょ。双葉さんこそロマンティック・ラブ・イデオロギーだってこと、バレバレだったよ？　それなのに自分は結婚願望ないとか恋愛は懲り懲りだとか言ってスカしちゃってさ。三十路のおばさんにもなってそれって、ぶっちゃけ見てて痛かったんだけど」

おばさん？　わたしが？

何で、どうしてそんなこと言うの？

「それにさ、何だかんだ言って双葉さん、本当はバリキャリの型にすがってたわけじゃん。仕事してる自分をいい女、って思ってたんでしょ？

そうやって人一倍プライド高いくせに頼られるのは重荷だとか、本当は甘えたいのにとか文句ばっか言ってさ。デキる女に見られてばかりは嫌、でもその辺の女と一緒にされるのも嫌、みたいな。わたしをバリキャリの型にはめないで、本当は弱いところもあるんだから……みたいな？　はは、めんどくさすぎ」

「かまってちゃん」ならぬ、「わかってちゃん」。

響也くんはわたしを、そう呼んだ。

「そういうスタンスでいるから気づかないうちに誰かの反感を買ったんじゃない？　俺もオーナーもいい迷惑だよ。これ以上会うことないだろうから言うけど、そういうの、もうやめたら?」

ああ、そっか。この子、ずっと下を向いておびえているように見えたけど、違ったんだ。ふてくされていただけだったんだ。

わたしは今、どんな顔をしているんだろう。

表情の作り方がわからない。泣けばいいのか、笑えばいいのかも。わからないけど、とにかく動かなくちゃ。そう思った。

ふらふらと立ち上がったわたしを、響也くんが訝《いぶか》しげに見上げる。

「何? トイレ?」

昼下がりの喫茶店は満席だった。そこら中にコーヒーやカレーの匂いが満ちている。カップルの愉快げな笑い声。おじいさんが新聞をめくる、乾いた音。暖房の生ぬるい風。やたら五感が冴《さ》え渡っている。なのに、変なの。

わたしだけがこの空間に存在していないみたい。

見られたくない恥部をさらされたわたしは、会社に迷惑をかけたわたしは、まだ誰かに必要としてもらえるだろうか。バリキャリの称号がはがれ落ちたわたしを、わたしという生身の存在を、「それでもいいんだよ」と無条件に認めてくれる人は、いるのかな。

思い思いの時間を過ごす人たちを見まわしていると、不意に、後ろのテーブルにいた小さな女の子と目が合った。

母親と一緒に、チョコレートケーキを食べている。

いいね、楽しそうだね。

「ちょっと双葉さん？　どうしたの、トイレはあっちだけど。てかもう帰っていい？」

わたしは女の子の真横に立った。口の端についたチョコ。目がくりくりしていて、かわいい子だ。母親はわたしを見て眉をひそめていたけれど、

「ねえ、それ、おねえさんに貸してくれる？」

そうお願いすると、女の子は少しだけ考えて、

「いいよ」

と、にっこり笑ってくれた。

わたしは「ありがとう」と微笑んで、踵《きびす》を返す。一歩、二歩と足を踏みしめる。腕を振りかぶって——響也くんの顔面に下ろす。

響也くんの悲鳴が店中に響き渡る。

一人、また一人と他のお客さんたちがこっちを見て、叫び声を上げる。外で電話していたオーナーが、店の中に戻ってきた。響也くんはソファから転げ落ちて、目を押さえながら、のたうちまわっている。ふふ、いい気味。やっぱり年下の男なんてロクなもんじゃないわ。

わたしの右手にある、女の子から貸してもらったフォークの先には、響也くんの目玉が刺さっている。そこから滴《したた》る真っ赤な血が、ぽた、と床に落ちる。ワインみたいに真っ赤な血。ああ、ワイン、好きだったなあ。あの仕事も、好きだったんだなあ。

……もう全部、どうでもいいけど。

第三章　「専業主婦」の生きづらさ

I

最初の子が産まれて以来、この坂の夢をよく見るようになった。坂の上に立って、何をするでもなくただぼんやりと、景色を眺めている夢。

するとふ不意に、恐ろしさがこみ上げてくる。もし、何かの拍子に転んでしまったらどうしよう。ここから下へ、下へと転がり落ちていったら、どうなってしまうんだろうと。

見渡してみても辺りには誰もいない。坂の下の十字路にも、人っ子ひとりいない。いるのはわたしと、小さな赤ちゃんだけ。ベビーカーの中で泣いているこの子は、上の子？　下の子？　それとも——、

「チッ。邪魔だなあ」

舌打ちの音ではっ、と我に返った。

坂の上で立ち止まっていたわたしを、おじさんがこれ見よがしに睨みながら追い越していく。慌てて「すいません」と謝ったけど無視された。

確かにベビーカーを押したまま坂の上で立ち止まっていたら、危ないし邪魔よね。あのおじさんの気持ちもわかる。今のは間違いなくわたしの落ち度。……でも、あんな風に睨まなくってもいいんじゃないかな。誰でもみんな、昔は赤ちゃんだったんだから。

ふにゃあ、と翼斗《ゆうと》がぐずりだした。

わたしのかわいい赤ちゃん。舌打ちの音なんて聞かせたくなかった。

「よしよし、ごめんね。ママぼうっとしちゃってた。もうお家に帰ろうね」

ベビーカーの正面にまわりこんであやしても、虫の居所が悪いのか翼斗は泣きやんでくれない。お腹が空いたんだろうか。もこもこの服を着せてはいるけど、寒いんだろうか。

おじさんの「邪魔だなあ」というぼやきが、泣き声に重なって何度も頭に繰り返される。泥のように暗い感情が、じわり、じわりと、胸の隅々にまで広がっていく。

こんな歳になって知らない人から注意されてしまった恥ずかしさ。一方的に白い目で見られて、そのまま立ち去られてしまった悔しさ。暗い感情の中には哀しさだって含まれている。

子どもは国民全体で育てるものだって法律に定められているのに、ましてや少子化が嘆かれているこのご時世なのに、世間の人がわたしたち「ママ」を見る目はいつだって冷たい。

上の子が産まれた七年前もそうだった。ベビーカーを押してデパートのエレベーターに乗りこんだら、

――うわ、最悪だわ。

と、ささやく声を聞いた。わたしにぎりぎり聞こえるくらいの声量で、

――これだから嫌なのよね、人の迷惑考えない〝子連れさま〟って。

とも。その人たちは、女だった。四十代くらいのおばさんたち。いたたまれなくなって、わたしは目的の階に着くまでずっとうつむいていた。

赤ちゃんを連れているママを見て煩わしそうな顔をする人に、性別の差はない。男も女も同

じ割合で、四十代より上の人たちが多いように思う。

もちろん狭いエレベーターの中にベビーカーが乗りこんできたら、嫌だなあと感じても仕方ない。けど、だとしたら、わたしはどうやって上階に行けばいいんだろう。あのおばさんたちは赤ちゃんを抱くわたしの代わりに重いベビーカーを畳んで、持ち上げて、階段を一緒にのぼってくれるんだろうか？　……なんてことを少しでも反論しようものなら、余計に「子連れさま」って揶揄《やゆ》されてしまうんだろうけど。

あのおばさんたちも、さっきのおじさんも、きっと子どもを授かったことがないんだろうな。だからあんな態度ができる。うちの子たちは大人になったら働いて税金を納めて、あの人たちの老後を支えてあげなきゃいけない。大事になんてこれっぽっちもしてもらえないのに。今の子どもたちに課せられる年金の負担は、あの人たちが課せられている負担の比じゃないくらい重くなるのに。

「何かそれって、理不尽だよね」

そうつぶやいたのと同時に、翼斗の泣き声が大きくなった。もしかしたらわたしの意見に同調しているのかもしれない。

かわいくて、かわいそうなわたしの子どもたち。

こんな世の中に生まれてきて、この子たちは本当に、幸せなんだろうか？

と、ＬＩＮＥの着信音が鳴った。

「ちょっと待ってね翼斗。たぶんおばあちゃんからだよ」

どうせまた夕飯のおかずを持っていくとか、今どこで何をしているんだとか、お節介を焼く内容に決まっている。十分以内に返信しなかったら今度は電話がかかってくることだろう。

ところがそれは姑じゃなく、紫保からのメッセージだった。見ればそこに紫保の言葉はない。ただぽつんとネットニュースのURLが貼りつけてあるだけだ。不思議に思いながらもそれをタップしたわたしは、

「……嘘」

《昨日午後2時20分ごろ、東京都港区《みなとく》の喫茶店にて20代男性が刺される事件が発生。110番通報を受け駆けつけた警察官が傷害の容疑で同喫茶店にいた女を緊急逮捕した。男性は左の眼球をフォークで刺された模様。区内の病院に搬送され、現在治療を受けているが命に別状はなし。高輪《たかなわ》警察署は連行した女に事情聴取を行い、詳しい経緯と動機を調べている。逮捕されたのは渋谷区《しぶやく》在住、ワインの輸入販売会社に勤める岸《きし》双葉容疑者（30）》

「おや、今日は赤ちゃん連れ？　珍しいね」

逸《はや》る気持ちでカフェバー〈ターコイズ〉のドアを開けると、マスターの小野寺さんがまじまじとベビーカーで眠る翼斗を見つめてきた。

その表情にどことなく困惑が浮かんでいる気がして、わたしは「すいません」と頭を下げる。

「あの、ここって赤ちゃんNGでしたっけ」

「いやいや大丈夫だよ。夜はお酒も提供するからさすがに無理だけど、昼間は子連れのママさんたちもよく来てるし」

気にせずゆっくりしてって、とマスターは頬をゆるめた。

「いやあ、それにしてもかわいい子だねえ、女の子？」

「よく言われるんですけど、男の子なんです。一歳になったばかりで」

「へえ。いいねえ、かわいいねえ。子は宝だよね、ほんと」

そう言って目を細める表情に、少し救われた気がした。それと同時にこう思わずにはいられない。もしマスターみたいに子連れに寛容な人ばかりだったら、この世の中も生きやすくなるだろうにな……と。

ランチタイムが終わっているからか、幸いにも店の中には四人しかお客さんがいなかった。これなら大きなベビーカーを畳まなくても済みそう。テーブルとテーブルの間をそろそろと進んでいると、マスターが気を利かせてベビーカーが通れるだけの通路を作ってくれた。

「はい、奥の広いソファにどうぞ。ここならベビーカーも置けるよ」

「ありがとうございます」

「今日もいつもの女子会？」

「ええ、まあ」

口を濁したそのとき、店のドアがふたたび開いた。

入ってきたのは見るからに動揺した顔の紫保と、樹。わたしたちは視線を交わしあったけれど、お互い、第一声が出てこない。

二人は黙ったまま、ぎこちない足取りでわたしの向かいに腰を下ろす。そこへメニューを渡しに来たアルバイトの凜くんが、不思議そうに首をひねった。

「あれっ？　今日は三人ですか？」

見るとカウンターに戻ったマスターも、探るような視線をこちらへ注いでいた。いつもと様子が違うわたしたちを奇妙に思っているんだろう。

当然よね。わたしたちがここに来るときは、いつも決まって五人だったんだから。それが、一人、また一人と減って、今ではこの三人だけになってしまった。

何だか、妙な胸騒ぎがする。

「……美優、ごめんね。翼斗くん連れてここまで来るの、大変だったよね」

注文を終えたあと、紫保が口を切った。

「平気。タクシーで来たから」

ベビーカーを押していたせいでタクシーの運転手に嫌な顔をされたことは、今は言わないでおいた。

「あんなネットニュース見ちゃったらじっとなんかしてられないよ。ねえ、何なのあれは。やばくない？　記事に書いてあった容疑者って、あれ――」

そこで樹が素早く人差し指を唇に当てた。無言で他のお客さんたちを目で差す。もう少し声を落とそう、という意味だ。

マスターが三人ぶんのコーヒーを置いて去ってから、わたしたちは小声でも会話ができるよう、ぐっと身を乗り出しあった。

「逮捕された容疑者って、あれ、双葉のことだよね？」

樹が重々しくうなずいた。

「間違いないだろうね。同姓同名の別人かと思ったけど、年齢とか渋谷区在住とか、ワインの輸入販売会社に勤めてるってとこまで一致しちゃってるし」

聞けば樹は、事件が起きる直前の時刻に双葉本人からＬＩＮＥを受け取ったという。詳しい事情がわからなかったにせよ、何やら切羽詰まった様子であったのだとか。

「電話しようかって送り返したんだけど、既読になるだけで返事はなくて」

「そうだったんだ。でも、どうして双葉が傷害なんて……」

しかも周りに人の目がある中、あろうことかフォークで相手の眼球をぶっ刺しちゃうなんて、スプラッター映画じゃあるまいし。どう考えても正気の沙汰じゃない。

「ていうか、相手の二十代男性って誰なんだろ？　職場の後輩とか？　もし相手のこと刺すほど恨んでたんだとしたら、痴情のもつれとか？」

「でも双葉に彼氏はいなかったよね」

「そのことなんだけど」

と、紫保がバッグからスマホを取り出した。何やら二つ三つ操作して、きょろきょろと首をめぐらし、誰もこちらを見ていないか確認する。
そうしてテーブルの中央に置かれたスマホ――そこに映し出された動画を見るや、わたしも樹も、言葉を失った。
動画の中には、全裸の双葉が映っていた。

『や、ああ、やああっ』

最小音量に設定されたスマホから聞こえてくる、女友だちの、あられもない喘ぎ声。
赤ちゃんの泣き声みたい。そう、ぼんやり思った。
その瞬間、なぜだか噴き出してしまいそうになって、ぱっと口を両手で覆った。こんな状況で笑うなんて駄目。絶対に。神経を疑われちゃうもの。そうわかってはいたけど口元がゆるむのは抑えきれない。止めようと思えば思うほど笑いたくなる衝動はむくむくと膨らんで、声を嚙《か》み殺すのがやっとだった。

――子どもがいる人っていいよねぇ。子育て支援とかいって何かと優遇されるわけでしょ？子どもを持つ予定すらない身からすると、ちょっぴり羨ましくなっちゃうな。

いつだったか、双葉はわたしにそう言った。

冗談めかした口調でも、目は笑っていなかった。

たぶん内心では「不平等だ」とでも言いたかったんだろう。「働いていないくせに優遇されるなんて」とでも思っていたんだろう。うまくごまかしていたつもりだったのかもしれないけど、双葉はいつもそうだった。表情や言葉の端々から高飛車なところがにじみ出ていて、そのたびわたしは不快感を覚えていた。

人間ひとりを育てるだけでもどれだけのお金と、時間と、気力と労力がかかることか。それを独身貴族の双葉は何ひとつ知らなかったくせに。かといって自分の無知や想像力の乏しさを恥じることも、あの子はしなかった。……能天気で、実に羨ましいことね。少しの優遇くらいされたから何だっていうの？　仕事が忙しいんだか何だか知らないけど、自分ひとりの面倒さえ見ていれば済むあなたより子育て世帯が優遇されるのは当たり前でしょう？

ざまあないわね、とわたしは心の中でつぶやいた。しょせんは双葉も、さっき舌打ちをしてきたあのおじさんと同じ。ああやって嫌味ったらしいことばかり言ってるから、バチが当たったんだ。因果応報。神様はよく見ている。

幸いにもわたしが笑いをこらえていることに、紫保と樹は気づいていないらしかった。

「紫保。何なの、これ」

絶句していた樹が尋ねると、

「先週、ＬＩＮＥのグループトークで双葉が言ってたでしょ。双葉がチームリーダーになって準備してきたワインの試飲会が、今週の月曜に開かれるって」

そういえばそんなことを言ってたっけな。いつも双葉が送ってくる「忙しい自慢」。「大役を任されるわたし自慢」だ。

「月曜っていったら一昨日。この事件が起きる前日だから、もしかしたらその試飲会で何かあったんじゃないかと思ったの」

有名インフルエンサーとして活躍する紫保は、色んな業界の人に顔がきく。セレブ仲間、とでもいうか。そこでワイン愛好家の知り合いを探ってみたところ、その人は予想どおり、例の試飲会に招待されていたらしい。

「この動画ね、試飲会の最中にいきなりエアドロップで送信されてきたんだって」

「いきなりって、じゃあ、その会場にいた人みんながこれを見たってこと？」

「そうみたい」

「もちろん双葉も、そこにいたわけだよね」

へえー。そんなスキャンダラスなこと、現実に起きるんだ。ドラマか漫画の出来事みたい。恥ずかしい、なんて言葉じゃとても言い表せない痴態を大勢の人に公開されてしまって、そのとき双葉はどんな顔をしていたことだろう。どうせならわたしもその場にいたかったな——なんてことは当然、口が裂けても言えないけど。

「ひどすぎる」と、樹が眉間にしわを寄せた。「悪質にも程があるね。この動画、明らかに盗撮されたものだし。なら双葉と一緒に映ってるこの彼が、記事にあった二十代男性？　双葉の彼氏か何か？　双葉は彼に盗撮されて、動画をばらまかれて、そのトラブルがもとで傷害事件にまで発展したってことなのかな」

するとと紫保は微妙な顔でうなずいた。

「この動画のせいで揉めたっていうのは、たぶん間違いないよね。ただ、動画の中の会話を聞いてみた感じ、この男の子って双葉の彼氏じゃないよ。〝予約してよかった〟って言ってるくらいだし」

「じゃあ何者？　もしかしてホスト？」

首を横に振ったあと、紫保は何やら言いよどんでから、

「女性用風俗のセラピスト……だと思う」

今度こそ開いた口がふさがらなかった。見ると樹も、啞然《あぜん》とした顔で瞬きをしていた。

やっぱ。面白すぎるんですけど。

あの双葉が、「わたし、色恋には興味ないし、そもそも性欲もないんだよね」っていかにも達観した風を装っていたあの子が、こっそり風俗に通っていた？

「インフルエンサー仲間と一緒にホストクラブ行ったことあるけど、双葉に対するこの男の子の態度って、ホストの距離感とはどうも違う気がするんだよね。いずれにせよ彼が盗撮をしたっていうのは考えにくいよ」

「……確かに」

わたしは目いっぱい顔を力ませて同意する。こみ上げる笑いを押さえつけながら。一方で樹は考えこむように腕を組んだ。

「そうだね。彼氏ならまだしも、セラピストの人がリベンジポルノみたいなことしたところで、即刻クビになるだけでメリットなんてないもんね。〝またここで会おうね〟って言ってるくらいだし、双葉はいつも同じ場所でこの男の子と会ってたのかな。だとしたら、そこに誰かがカメラを仕掛けていたのかも」

いったい誰が――と、樹はつぶやいたきり押し黙ってしまった。

双葉は事件を起こした喫茶店で、この男の子とどんな会話をしていたのか。何を思って彼の目玉を刺してしまったのか。これ以上はここで議論を深めたところで、想像の域を出ない。ただ一つ明らかだと思われるのは、あの動画が悪意をもって撮影され、拡散されたということ。つまりは双葉が誰かに陥れられたということ。

そう思い至った瞬間、おかしさと入れ替わりに、恐ろしさが襲ってきた。

胸をかすめる、不吉な感覚。

不意に「まさか」という考えが頭をもたげてきた。まさか、いや、そんなはずない。そう否定をしても無駄だった。その考えはあっという間にわたしの胸を埋め尽くし、言い知れない不安感とともに全身に広がり、わたしの唇を震わせた。

「あのさ。こんなこと、当然ありえないとは思うんだけど」

紫保と樹が怪訝そうにこちらを見る。

「誰かがわたしたちを狙ってる……なんてことは、ないよね？」

「わたしたちを？　って、どういう意味？」

訳がわからないという風に紫保が顔をしかめる。

こんなことを考えるなんて、我ながら変だとは思う。けれど、ひとたび浮かんだ疑念を自分だけの胸に留《とど》めておくことは、わたしにはできなかった。

「わたしたち仲良し五人組のうち、一人は失踪して今も行方知れず。一人は傷害事件で逮捕されちゃった。警察沙汰になるようなことが身のまわりで立て続けに起きるなんて、普通じゃないと思わない？」

「なあんだ、そういうことか」

怖がらせないでよね、と紫保は小さく笑った。

「そりゃ普通じゃないかもしれないけど、だからってわたしたち三人にまで何か起こるなんて考えすぎ。それに警察沙汰っていっても、仁実のことと双葉の事件はまったく別問題でしょ？仁実の失踪は事件であるとも限らないんだから。連絡を絶っていなくなっちゃったってだけで、今頃どこかを楽しく旅してるかもよ？美優だってそう思ってるでしょ？ね。不安になる気持ちはわかるけどさ、絶対ありえないって」

「そう、だよね。考えすぎだって、わかってるんだけど」

「だいたい〝誰か〟って誰よ。わたしら五人で誰かに狙われるようなことをした覚え、ある？誰かの恨みを買ったことがある？」

ない。……と、言い切れるだろうか。

ひと口に「恨み」といっても色々ある。世間を賑《にぎ》わす恐ろしげなニュースの中には、時として「逆恨み」が発端になっていることだって往々にしてあるじゃない。

さっきから、わたしの胸を騒がせてやまない不吉な予感。

そこにはある人の面影がちらついていた。

「ひょっとして、葵のことが関係してたりして」

一瞬で紫保も、樹も、顔色が変わった。

二人の顔はまるで幽霊を見たかのように硬直している。

「……まっさかー」

沈黙を挟んで、紫保がひらひら片手を振った。

「ないない。それは絶対ない。だってわたしら、何も悪いことしてないよね？」

「もちろんそうだけど、万が一、ってことがあるじゃない」

「…………」

「ねえ、みんなで警察に相談した方がよくない？　仁実だってもしかしたら何か事件に巻きこまれたのかもしれない。わたしたち自身は何も悪いことしてなくたって、世の中には逆恨みで人を傷つける人間がいるんだから」

「何それ。そんなの、冗談じゃないわよ。わたしはただ普通に暮らしてるだけなのに」

「そうだよ、だからこそ警察に頼るべきだって思うの。何かあってからじゃ遅いんだし、わたしだって子どもがいるのにこんな不安を抱えてたんじゃ――」

「二人とも、ちょっと静かに」

樹の一声で、わたしも紫保も黙った。

それまで思案げに腕組みをしていた樹は、目だけでふたたび店の中を見やる。視線を辿《たど》れば、別のテーブルにいるお客さんたちが訝しむ眼差しをこちらへ寄越している。しまった、と思った。話に熱中するうち、わたしも紫保も周りが見えなくなっていた。声を抑えるのを忘れてしまっていたのだ。その上、いつの間にか店の中には来たときよりも多くのお客さんが入っている。

「美優も、紫保も、まずはいったん落ち着こうか。残念だけどいま警察に行ったところで、被害妄想だと思われて何もしてもらえないのがオチだよ。実際にわたしたち三人の身に何か起きたわけじゃないんだから」

「そんな……」

「警察に行っても意味ないなら、わたしたちはどうすればいいの？」

声を落として問いかけると、

「この状況は、確かに異常だよね。失踪やら傷害事件なんてことはニュースの中でしか起こらないものだってわたしも思ってた。けど……普通じゃないとしても、やっぱりただの偶然って可能性の方が高いんじゃないかな。わたしたち三人、きっと予想外の出来事が続いてパニックになっちゃってるだけなんだよ。ただし」

ふう、とコーヒーカップに手を伸ばしながら樹は軽く息を吐いた。

「わたしだってまったく不安じゃないかって聞かれたらそうじゃない。美優の言うように万が

一、ってことがないとも言いきれないしね。だから今後、お互い防犯にはいつも以上に気をつけて過ごそう。防犯ブザーを携帯する。夜間は一人で出歩かない。人目のない場所にはできるだけ行かないようにする。何か少しでもいつもと違うことがあったら、すぐさま連絡を取りあって情報共有できるようにしておく。それでどう？」

ああ、樹はすごいなあ。

どんなときでも冷静さを失わない樹の声は、わたしの胸にあった不安を少なからず和らげてくれた。紫保も納得したようにうなずいている。

樹の言うとおり、わたしはただパニックになっていただけなのかもしれない。嫌な妄想を膨らませて、勝手に不安になっていただけなんだ。よくよく考えると、わたしみたいなごく普通の専業主婦を誰かが陰から狙っているだなんて、馬鹿らしくって自分で呆れてしまう。葵のことだって、もう八年も前のことなのにね。そんな昔の出来事を思い返して不安になっちゃうんだから、わたしはどうやら心配性が過ぎるみたい。

そのとき、翼斗がまたぐずり始めた。

「あっごめん、すぐ泣きやませるから」

そう言ってベビーカーから翼斗を抱き上げたけれど、わたしの焦りとは裏腹に、翼斗の声はますます大きく、甲高くなっていく。

店中に反響する泣き声。

他のお客さんたちの視線が突き刺さって、痛い。

わたしを見る目。目。目。うるせえな。早く泣きやませろよ。静かにできないなら出ていけ。赤ん坊なんか連れてくるんじゃねーよ。そんな心の声が、ぐさぐさとわたしの体を刺し続ける。

「大丈夫？　話もできたし、今日はもう帰ろっか」

「……うん。ごめんね」

気遣わしげな紫保と樹の視線も、痛い。こうなるとわかっていたから子どもを連れてくるのは嫌だった。

知らない人からはまるで汚いものでも見るような目を向けられて、友だちにはこんな困り顔をさせてしまう。もっとお喋りをしたくても、赤ちゃんが泣けばすぐに会話を切らなきゃいけない。そうやって相手に気を遣わせて、果てにはお喋りの場自体をお開きにしなきゃいけなくなる。わたしはそのたび「ごめんね」と謝る。

この、わたしが感じている居心地の悪さを、翼斗はわかっているのだろうか。……ひょっとしたら、わかっていてわざと泣いているのかもね。わたしを困らせるために。

そんな風に考えてしまうわたしは、母親失格？

2

ふわ、と優しくて甘い匂いが鼻をくすぐる。わたしの目の前にあるのはころんと丸められたパンの生地だ。

「では五分ほど生地をこねていきましょう。今はかたいですが、こねていると人参《にんじん》の水分がなじんでやわらかくなってきますよ」

卵やスキムミルク、すりおろした人参を加えたパン生地を、先生の教えどおりぎゅっ、ぎゅっ、と両手でこねる。子どもの声はここにない。子育てという重責から解き放たれて、パン教室には晴れやかな声が飛び交っていた。

「キャロットパンなんて懐かしいよね。給食で食べたっきりだなあ」

「ね。昔は人参なんて大嫌いだったけど、これなら不思議と食べられたのよね」

「そう、うちの子も食べてくれるといいけど」

「末松《すえまつ》さんのところはもう七歳だよね？　やっぱりまだ好き嫌いある？」

「あるある、ありまくりよ。たぶん父親の遺伝なのよね。うちの旦那ってばいまだにピーマンやら人参やらが苦手で、料理に入ってるとこっそり私のお皿に移してくるんだもん」

「やだぁ何それ」

「笑っちゃうでしょ？　医者の不養生ってうちの旦那のことをいうのよね」

ママたちの楽しげな声は、小鳥のさえずりみたい。毎月第一と第三土曜日に開かれるこのパン教室は、近所のママたちの拠《よ》り所《どころ》になっている。

旦那や姑に子どもを任せて、パンをこねながら何でもないお喋りを楽しむ。わたしにとってもこの時間が日常のささやかな息抜きになっていた。隆浩《たかひろ》はたいてい土曜も仕事で家にいないから、嫌でもお義母さんに子どもたちを預けるしかないのがネックだけど。

「新谷《しんたに》さんとこは下の子、まだ一歳だっけ？」

無心で生地をこねていたら、隣のママさんが話しかけてきてくれた。

「はい。伝い歩きもできるようになったので、もうほんとに目が離せなくて」

「それは毎日気が気じゃないね。赤ちゃんって自分から危険に飛びこんでいこうとするし」

「こないだなんかカーテンにつかまり立ちしようとして思いっきりこけて、ギャン泣きですよ。カーテンレールも外れちゃうし、参ったなあ、あれは」

大げさに弱った声を出してみせると、ママさんは声を立てて笑った。

「あはは。あるよねー、そういうこと」

「上の子が小学校に上がって、自分のことはある程度できるようになってくれたからまだいいんですけどね。お兄ちゃんとしての自覚が芽生えたのか、翼斗の面倒も積極的に見てくれるんで助かってます」

「そっか。煌斗《こうと》くん、もう小学生か。早いねえ。あれ？　ってことは末松さんとこの比奈《ひな》ちゃんと同い年？」

すると真向かいでお喋りに興じていた末松さんが、ついとこちらに視線をくれた。

「ん？　何か言った？」

「比奈ちゃんと煌斗くんって同い年だっけと思って」

「ああ、そうなのよ。くるみ幼稚園にいたときから一緒で、今も同じ小学校の同じクラス。

ね、美優さん」

にっ、と口角を吊り上げる末松さん。その顔にどことなく圧を感じて、わたしは「はい」と小声で返す。

この人の視線は、いつもわたしを萎縮させる。十近く歳が離れているせいもあるだろう。煌斗が幼稚園に通っていた頃からそうだった。

「それにしても美優さん、今日も綺麗なネイルしてるのね。高かったでしょ？」

「いえ、そんなには」

「私も見習わなくっちゃ。仕事やら家事育児にかまけて、ついつい自分のことは後まわしにしちゃうんだもの。ネイルなんて長いこと行けてないなあ」

「一緒、一緒。忙しいと爪なんかに気を配ってらんないのよね」

末松さんに追従するように、みんなが「わかるわあ」と苦笑いをする。わたしは無言でパン生地をこねる。パン作りをするのにネイルをしてくるなんて、と暗に言われた気がした。

「その点、美優さんは偉いよね。子どもが二人いてもちゃんと毎日メイクしてるし」

「ほんとよね。服だっていつもかわいくて。「そんな真っ白のニットなんて、子どもが産まれてから一回も着てないわ」

「ばっちりカラコンも入れててねえ」

「……ありがとうございます」

含んだような物言いに、思うところはあった。でもこういうとき、「ありがとうございます」以外に何て言えば正解なんだろう。何て言えば余計な波風を立てないで済むんだろう。

程なくして五分が経ち、先生が全員をオーブンの前に呼んだ。教室が始まってすぐに成形してあった生地の二次発酵が終わったらしい。

他のママたちがメモを取ったり先生に質問をしたりしている最中、わたしはひとり浮かない気分でオーブンの内側を眺めていた。丸く中心に穴が開いた型に、均等にちぎって入れられたパン生地は、人参の色味がまざってひまわりのように見える。

先生の話では焼き上がりまでおよそ二十五分。それを待つ間、生徒たちは紅茶を飲みながらしばらく休憩を取るのがいつもの流れだ。

もっと早く焼き上がってよ、と、オーブンの中のパン生地に心で語りかける。

休憩時間なんていらない。おいしい紅茶だって今は飲みたくない。この雰囲気だと今日もまた、わたしが槍玉《やりだま》に挙げられるんだろうし……。

「それで美優さん、仕事探しの方はどうなの？　順調？」

ほら、やっぱりね。

ティーカップを片手にわたしを見る末松さんは、心なしかうきうきとしていた。

「塾の先生やってみたいって、前に言ってたよね。いい条件の見つかった？」

「いえ……改めて考えたら、今まで働いたこともないのにいきなり先生だなんて、わたしにはハードルが高すぎました」

「そうかなあ。美優さんK大出身でしょ？」

「頭いいんだからきっとできるよ」

すかさず他のママたちも話に乗ってきた。

そんなことは、とわたしは言葉を濁す。

「謙遜しなくていいったら。せっかく偏差値高い大学出るくらいポテンシャルがあるのに、専業主婦のまま終わるなんてもったいないよ？」

「そうそう。やっぱり今の時代、女は子どもを産んでも働いて自立しておくのが望ましいわよね。いくら旦那の稼ぎがあったところで何が起こるかわからないし、やっぱり社会と繋がっておくって大事なことだもの」

この人たちはきっと、小さな「家庭」で生きていくことを、視野の狭い人間の生き方だと考えているんだろう。あえてそういう生き方を望む人間もいるなんて、思いもよらないんだろうな。

あー、めんどくさ……。

「そういえば新谷さんとこって、お姑さんが近くに住んでらっしゃるのよね。だったら働きに出ても子どもの心配はいらないわね」

「……その、お義母さんとは、そんなに仲が良くなくて」

「ええ？　現に今日だって子どもたちを預かってもらってるんでしょう？　それだけでも相当な贅沢《ぜいたく》なんだから文句言っちゃ駄目よ」

は、贅沢？

わたしが？　これで？

「嫁がパン教室に行く間孫の世話をしてくれるなんて、世の中そういうお姑さんばっかりじゃないからね」

「でもお義母さん、わたしがほんの少し約束の時間に遅れただけで微妙な顔をするんです。不機嫌な顔、というか」

そのくせ何かにつけて孫の世話を焼きたがること。薄味の料理はわたしの好みじゃないのに、お裾分けだと言って夕飯のおかずを押しつけてくること——わたしが煩わしいと感じていた悩みは、しかし、ママたちによって容易《たやす》く一蹴された。

「それ、不機嫌なんじゃなくて、あなたのことを心配してたからじゃないの？」

「私もそう思うな。子どもたちだってママが約束の時間に迎えに来なかったら不安になるだろうし、おばあちゃんとしては心配も増えるってものよ。料理のことだって、新谷さんは余計なお節介と感じるかもしれないけど、薄味で健康的なものも食べてほしいっていうお姑さんの気遣いなんじゃないかなあ」

「気遣い、ですか」

「なあんだ、実際にはすごくいいお姑さんなんじゃない。旦那さんだって働き者な上に優しいし、恵まれてるわよねえ、新谷さんって」

……どうやら何を言っても通じないみたい。わたしの悩みはこうして勝手に「ささやかなもの」と評されて終わる。わたしが嫌だと思うことは他人から見るとむしろ良いことらしい。そう言われたところでわたしの心境が変わることはないのに。

時計をちらりと見てみる。皮肉なことに、休憩が始まってからほんの数分しか経っていなかった。うんざりすることほど時が経つのが遅いのはどうしてなんだろう。

「で？　話は戻るけど、仕事、どうするの？」

どうにか話題をそらせないかと思ったものの、テーブルを囲む全員の視線がこちらに集中しているのに気づいて、諦めた。

四面楚歌《しめんそか》って、こういうことをいうんだろうな。

「えっと……とにかく塾の先生じゃなくて、まずはスーパーのパートとかから始めるのが妥当かなあ、なんて思い始めてまして」

「あら、スーパーの仕事だってけっこう大変なのよ？」

一人のママさんがさも心外そうに眉根を寄せる。今のはまずかった。この人が実際にスーパーで働いていることを、わたしはすっかり忘れていた。

「体力勝負なところあるし、たまに変なお客さんだって来るからストレス溜まるし」

「ごめんなさい、楽そうとかそういう意味で言ったんじゃないんです。ただ、賞味期限切れのお惣菜《そうざい》とか持ち帰れるのは、節約になっていいなと」

「賞味期限切れの、って」

なぜだろう、妙な間があった。

次の瞬間、末松さんがくすりと笑みをこぼしたのを皮切りに、みんなが口元に手を当てて忍び笑いを始めた。

「やだ、美優さん知らないの？　いまどきスーパーでもコンビニでも、廃棄食品を持ち帰っちゃいけないんだよ？」

「えっ……そうなんですか」

わたし以外の全員がやれやれといった表情で視線を交わしあう。さっき親しげに話しかけてくれたママさんも同じだった。

そんなことも知らないなんて、これだから若くして子どもを産んだ人は。どれだけいい大学を出ていても、働いていないとやっぱり世間知らずになっちゃうのね——そう心の中で、嘲笑っているんだろう。

パン教室にはアタリの日と、たまにハズレの日がある。

今日はまさしくハズレの日。

みんなして「専業主婦」のわたしを小馬鹿にする日だ。

ここにいる他のママさんたちは全員、何かしらの仕事をしている。今の時代、共働きが普通だから。でもわたしだけは違う。大学卒業の間際になって妊娠が発覚したわたしは、これまで一度も仕事をしたことがない。学生時代も実験やレポートで忙しい工学部にいたせいで、アルバイトすらしたためしがなかった。そうして今に至るまで、社会人経験を積めないでいる。

——新谷さんて、何か仕事しないの？

そう何度も聞かれた。

——下の子はまだ赤ちゃんでも、旦那さんもお姑さんも協力してくれるんじゃない？同じ質問ばかりされていい加減うんざりしたわたしは、つい、「そうですね。そろそろ」と言ってしまった。失敗だった。

それまでも学生で妊娠したわたしを見る冷ややかな視線は何となく感じていたけれど、初めての職探しをすると宣言してしまってからは、よりいっそう厳しい眼差しが向けられるようになった。今まで何にもしていなかったくせに、旦那の稼ぎに寄りかかって生きてきたくせに、今さら何ができるの？　と。

本当のことを言えば、職探しをする予定なんて一切ない。隆浩だって専業主婦のままでいいよと言ってくれているんだから。隆浩はＩＴ企業でシステムエンジニアをしていて、年収は世間一般の平均より上だ。去年、念願だったマイホームも手に入れた。要するにわたしが働かなくたって、お金には何ひとつ不自由していない。

それでも女性の社会進出が推し進められる今のご時世、「無職のママ」は、普通じゃないらしい。家事育児にだって大変なことは山ほどあるのに、それ以上のものを背負わなきゃ「楽をしている」と後ろ指を差されてしまう。わたしには理解不能だ。

働く女はそんなに偉いんだろうか？

家事育児に専念する女だって「働いている」ことにはならないんだろうか？

家族の生活を日々支えているだけじゃ、自立していないと見なされても、文句は言えないんだろうか？

母親が専業主婦だったこともあって、わたしは昔から、家庭に入るのが夢だった。少しでも若いうちに結婚して、素敵なお嫁さんになりたいと思っていた。工学部に入ったのもただ理数系が得意だったからというだけ。別に目的なんてなかった。でも、みんな好き勝手に想像してしまう。いい大学の、しかも理系学部に進んだのなら、さぞ立派な職に就くんだろうと。少なくともそういう志があるんだろうと。その兆《きざ》しがわたしにないとわかるや、鬼の首を取ったようにせせら笑う。ここにいるママたちがまさにそうだ。最も学歴が高く、かつ唯一の無職であるわたしは、いつしか彼女たちがマウントを取って楽しむ格好の餌食《えじき》になってしまった。

多様性が重視される時代なのに、何で?

男性でも主夫になったり幼稚園の先生になったりできる時代なのに、どうして専業主婦でありたいというわたしの気持ちだけは否定されてしまうんだろう? ほんの数十年前まで、この国では専業主婦になることこそが女性のスタンダードだったはず。それなのにどうして今は手のひらを返すかのように、時代錯誤だとか言って爪弾《つまはじ》きにされちゃうの?

「ま、今はわからないことだらけでもしょうがないよね」

末松さんがもっともらしい口ぶりで言う。

「働いたことがなくたって美優さん、まだ三十なわけでしょ? パートでも何でも、これから色んな仕事に挑戦して、ちょっとずつ学んでいけばいいのよ。それに、何かあったら私たちママ友に相談すればいいじゃない。そうでしょ?」

ママ同士の友だちだから、ママ友。「友」という字がついていても、この中に本気でお互いを友だちと思っている人はどれくらいいるんだろう？　少なくとも、わたしが困ったとき末松さんが手を差し伸べてくれるかは甚《はなは》だ疑問だ。

わたしに寄り添っているようでいて、反面、この人に寄り添う気持ちなんか欠片《かけら》もないことはわかりきっている。旦那さんが開業医の末松さんは家事育児をしながらジュエリーショップのオーナー業もしていた。幼稚園でも積極的に発言をしてボスママの地位を築いていたし、今も小学校でＰＴＡの役員を務めている。近所の主婦たち全員から一目置かれる存在だ。それ自体は、純粋にすごいと思う。

けれど末松さんのことを心から尊敬することはできない。わたしを見る彼女の眼差しは、誰よりも嘲笑に満ちているから。双葉と同じバリキャリで、双葉と同じ眼差しをして。

本当のことを言うと、末松さんと同様に、双葉のことは学生時代から苦手だった……いや、「苦手」とか「あんまり得意じゃない」とか便利な言葉でごまかさず言えば、わたしは双葉が嫌いだった。仲良し五人組で女子会をするひとときはパン教室以上に大切な息抜きだったけれど、双葉さえ来なければなあ、と何度思ったことか。

あの五人の中でもわたしだけが無職だった。それがずっと、ひそかなコンプレックスだった。樹なんかは「主婦業だって立派な仕事だよ」と言ってくれるだろう。でも、双葉は無理ね。バリキャリである自分をさも上等で偉い女だと鼻にかけていたあの子は、明らかに専業主婦のわたしを見下していたんだもの。

「さあさあ皆さん、焼き上がりの時間ですよ。またこっちに来てくださいね」

先生の声に「はあい」と立ち上がるママたち。いつしか甘い香りがさらに強く、濃く、むせ返るほど教室中を漂っていた。

赤ちゃんのほっぺたみたいにやわらかく焼き上がったキャロットパン。それを見て誰もが楽しそうに声を弾ませる。

わたし以外の、みんなが。

3

「煌斗、もう寝る時間だぞ。歯みがきしておいで」

「えーやだー」

煌斗はぷいとそっぽを向いて、最近お気に入りらしいゲームの画面に視線を戻す。あっさり拒否されてしまった隆浩は疲れ顔でため息をこぼしていた。

「ったく、だからゲーム機を与えるのは早すぎるって言ったんだ。ゲームばっかに夢中で全然言うことを聞きゃしない。まだ一年生だから平気かもしれないけど、これでもし勉強が遅れるようになったら目も当てられないぞ。運動不足にもなるだろうし……なあママ、聞いてる？」

「わたしに言わないでお義母さんに言ってよ。そのゲーム機だってお義母さんが買ったんだから。いつも煌斗のおねだりをはいはいって聞いちゃってさ」

「まあ、それもそうなんだけど。やっぱ孫がかわいくて仕方ないみたいだからなあ」

あれこれ文句は言うくせして、何だかんだ子どもにも母親にも強く出られない。隆浩はそういう男だ。

お風呂から上がったわたしは煌斗が寝そべるソファに近づいていった。有無を言わさずゲーム機を取り上げると、煌斗は「ああっ」と切ない声を上げる。

「ねえママ、お願い。もうちょっとだけ」

「目が悪くなるから夜はゲーム禁止って、前にも言ったよね？」

「でも、あと少しでモンスターを倒せるんだ」

「駄目」

語気を強めて言うと、煌斗はようやくソファから腰を上げた。

渋々といった面持ちで洗面所へ向かう我が子を見送りながら、わたしの胸には、複雑な思いが立ちこめていた。

今まで何度「駄目」と、怖い顔で告げてきただろう。煌斗が赤ちゃんのときから、飲み物が入ったコップをひっくり返そうとしては「駄目」。調理中のキッチンに入ってこようとしては「駄目」。小学校に入ってからも、宿題をせず遊ぼうとすると「駄目」……この先、あと何度「駄目」を繰り返せばいいのかな。たとえ煌斗に言わなくてよくなっても、まだ赤ちゃんの翼斗がいる。

「駄目」ばかり口にしているとときどき、我が子が本当に「駄目な子」になってしまうような気がしてくる。同時に、自分まで「駄目な母親」と言われているような気がしてくる。

ううん。そんなことはない。と、わたしは自分に言い聞かせた。

子どもを叱るのは母親の務め。そう、我が子の将来を想うからこそ叱るんだ。それにわたしだって、いつもいつも叱ってばかりじゃないんだから。

「そういえばさ、煌斗。今日のキャロットパン、どうだった？」

歯みがきを終えて戻ってきた煌斗に、優しい笑顔で尋ねてみる。

今回もきっと気に入ってくれただろうという自信があった。だって煌斗は、わたしの手作りパンが大好物だから。

ところが、

「んー。びみょう」

ぞんざいに答えるなり、煌斗はさっさと自分の部屋へ上がっていってしまった。ゲームを取り上げられたのがよほど気に食わなかったのか、寝る前の「おやすみ」も言わずに。

ぱたん、とリビングのドアが閉まる音。

それを聞きながら、わたしはもう二度とキャロットパンは作らないと誓った。

「美優」

と、すぐ後ろから隆浩の声がした。煌斗が出ていくのを見計らったかのように。

体が意図せずこわばる。この、甘くささやくような声色――隆浩がわたしを「ママ」ではなく「美優」と呼ぶときは、たいてい決まっている。

「ひょっとして、シャンプー変えた？　いい匂いがするね」

「……変えてないけど」

「なあ、久しぶりにどうかな？　煌斗も小学生になって自分の部屋を持ったんだしさ」

隆浩の手が、わたしの肩に触れる。もう片方の手がゆっくりと、わたしの髪を撫でる。

わたしたち夫婦にとってはお決まりの順序。隆浩が誘って、わたしが受け入れて。

学生の頃は多いときで日に三度も同じことをした。お互い、何の考えもなしに。性の知識がない子どもじゃあるまいし、無計画に快楽を求めたらどうなるかくらい、少し考えればわかったはずなのに。結果、そのせいでわたしはこんなにも――。

「ごめん。今日は無理」

後ろから両腕がまわされた瞬間、耐えきれなくなって隆浩から距離を置いた。

おそるおそる振り向いてみる。

隆浩の顔には、明らかな落胆が浮かんでいた。またしても拒否されたというがっかり感。そこにはいくらか苛立《いらだ》ちもまじっているように見えた。

「あのさ……」

突如、リビングに声がこだまして、隆浩の言葉を遮った。翼斗のぐずる声だ。わたしはすかさずベビーベッドに駆け寄る。いつもなら泣き声を聞くとため息が出てしまうけれど、このときばかりは助かったと思った。ありがとう、と感謝したいくらいだった。

「ほら、翼斗もまだ夜泣きが落ち着かないからね。どうせ中断しなきゃいけないかもだし、そうなったらパパだって嫌でしょ？」

翼斗を抱き上げながら、思いついた言い訳を口にする。

この子を妊娠してからというもの、わたしはこうして隆浩の誘いをあの手この手で断り続けてきた。

ただでさえ赤ちゃんのお世話に小学一年生の子のお世話、その他にも料理、掃除、洗濯、買い出し、近所づきあいや姑のご機嫌うかがいで疲れきっているんだもの。そこに加えて旦那の下のお世話までする気には、とてもなれない。

たぶん隆浩はもう一人、と考えているんだろう。でもわたしは違った。これ以上疲れる要因を増やされるなんて、とんでもない。

「はあ……。世の中の夫婦は、こうやってレスになっていくのかな」

しょんぼりした顔でぼやく隆浩。

いつもなら断ってもすぐ引き下がってくれるのに、今日は様子が違っていた。

「もう二年近くもしてないのに。夜泣きで中断したっていいじゃんか、別に。俺に触られるの、そんなに嫌?」

彼は拗《す》ねると厄介だ。今夜はいつもより多めにお酒を飲んでいたから、そのせいかもしれない。どっちが子どもかわからないと思いつつも、下手に話をこじらせないよう反論しないでおいた。そんなわたしの気持ちをよそに、彼はくどくどと言葉を連ねる。

「美優には心から感謝してるし、申し訳ないとも思ってる。いつも家事に育児に大変だと思うよ。でも……俺だって子どもたちを風呂に入れたり、皿洗いをしたり、ゴミ出しとか庭の整備とか、美優に負担をかけすぎないようにできる限りのことはやろうと思ってるんだ」

これは口先だけのことじゃない。激務の合間をぬって家族に尽くそうと努力している姿は、わたしもよく知っている。

知っている、けど。

「何か不満があるなら言ってくれよ。子どもたちだけじゃなくて、俺にとっては美優も大事な存在なんだ。近頃は大学時代の女友だちと会ったり、家でもずっとスマホを見てたりして、二人でゆっくり喋ることも減ってただろ？　だからこうして、夫婦水入らずの時間を取れたらと思ったのにさ……」

「あーもうごめんってば、そんなに気を悪くしないでよ」

「その嫌そうな顔。あのときと同じだ」

棘《とげ》のある物言いに、もやっとした。

「何？　あのときって」

口論なんてしたくないけど、さすがに黙ってはいられない。

が、次いで隆浩が吐き捨てた言葉は、わたしから、声を奪った。

「自分でわかってるだろ。二人目のときだよ」

ああ、聞かなきゃよかった……。長い間封じこめていた黒い思い出が噴き出して、またたく間にわたしの心を覆っていく。

――落ち着いて聞いてくださいね、新谷さん。検査の結果ですが……陽性でした。

二人目のとき――それは翼斗を授かったときのことじゃない。

煌斗と翼斗の間には、もう一人、赤ちゃんがいた。

名前もつけないままお別れした、わたしの赤ちゃん。この世に産声《うぶごえ》を上げることもできず、わたしのお腹の中から引きずり出されて……そう。あの子は、他でもないわたしたち夫婦が、堕《お》ろすと決めた。

だって、仕方なかったの。

出生前診断で、あの子に障がいがあるとわかってしまったから。わたしは悩んで悩んで、頭が破裂してしまいそうなほど悩み苦しんだ末に、人工中絶の同意書にサインした。隆浩もそれに賛同した。

「……何で」

「え?」

「何で今さら、あのときのことを蒸し返すの」

信じられない。

いくら妻が誘いに乗ってくれないからって、腹いせに過去のことを持ち出してくるなんて。

「デリカシーがないにも程があるよ。わたしにとって、あの子のことは、一番のトラウマになってるの。パパだってわかってるはずだよね?」

「それは、もちろん……。ごめん。美優を傷つけようとしたわけじゃないんだ」

言いながらそそくさと背を向けようとする姿に、たちまち怒りが湧いた。わたしは素早く翼斗をソファに置き、隆浩の腕をつかんだ。

「ちょっと待ってよ。自分から突っかかってきたくせに逃げないで」

痛っ、と隆浩の顔がゆがむ。わたしの爪が彼の腕に食いこんでいた。でもそんなこと、気にもならなかった。

「落ち着いてくれ。今のは俺が悪かった。ほら、翼斗も不安がってるから」

「そんなの後でいい。悪いと思うならちゃんと話してよ」

「でも……」

「嫌そうな顔って、どういう意味」

「……あの子に障がいがあるってわかったとき、美優、そんな顔してたから」

「はあ?」

呆れてしまった。

いったいこの人は、何を言っているの?

「嫌そうというか、だるそうな顔、というか」

「何よそれ。そんな風にわたしを見てたわけ?」

怒りで、声が震える。

「そんな理由で子どもを堕ろすわけないじゃない。忘れたの?　あの頃、煌斗はまだ一歳になったばかりで片時も目が離せない状態だったたって。パパだって新卒で働き始めたばかりだったから、わたしがほぼワンオペで煌斗のお世話をするしかなかった。それだけでもいっぱいいっぱいだったのに、そのうえ障がいのある子の面倒を見るなんてこと、わたしにはできなかった。パパだってそうでしょ？　仕事をしながらあの子の面倒を見られた？　あの子の一生に責任を持てた？」

「だから同意書にサインしたんじゃないか。美優の選択は間違ってないよ」

「美優の選択って、わたしだけが決めたみたいに言わないでよっ」

「違う、そういうつもりじゃ――」

「この際だから聞くけど、パパもお義母さんと同じように思ってるんじゃないの？　どうせわたしのこと、母親失格って思ってるんでしょ」

隆浩は困ったように黙りこんだ。その顔はますますわたしを苛つかせた。

結婚した当初、お義母さんとはそれなりにうまくやっていた。学生のうちに妊娠してしまったことだって、絶対にいい顔はされないだろうと身構えていたけど、予想とは裏腹に「世間の目なんて気にしなくていいのよ」と優しく言ってもらえてほっとした。

でも中絶の報告をしてから、あの人のわたしを見る目は変わった。

――せっかく子宝に恵まれたのに、何てことを。たとえ障がいがあったって尊い命であることには変わりないでしょう？　負担が大きくなるのが心配だっていうならどうして相談してくれなかったの？　言ってくれれば何でもサポートしたのに。ああ、かわいそうな子……。

哀しげに、そして遠まわしに、お義母さんはわたしを詰《なじ》った。おまけにわたしが席を外したとき、隆浩にこうぼやいていたのを聞いてしまった。あの子は母親に向いてないのかもしれないね、と――隆浩は、何も反論してくれなかった。

「そんなこと、思ってない。本当に」

嘘よ。口ばっかり。この場から早く逃げだしたい本心が見え見えだ。

「とにかく、俺が悪かったよ。美優の言うとおり、デリカシーに欠けてた。ずっとそっけない態度を取られてつい……いや、これは言い訳だよな」

言うなり隆浩はわたしの手を振りほどいた。

「待って。まだ話は」

「ごめん、ちょっと飲みすぎたみたいだ。今夜はお互い頭を冷やして、また明日ちゃんと話そう。本当にごめん。おやすみ、ママ」

振り返りもせずに告げて、彼はリビングから出ていってしまった。

そうして残されたのはわたしと、今もぐずっている翼斗だけ。怒りの余韻が翼斗の泣き声と重なりあって、もう、ため息さえ出ない。

翼斗を何とか静かにさせて、どさりとソファに倒れこむ。

疲れた。やりきれない気持ちばかりが胸に渦巻いていた。

二人目の子のことは、煌斗にも言っていない。いつかは話した方がいいんだろうか。わたし自身は忘れてしまいたいのに、それすらも許されないのかな。

——煌斗。あなたにはもう一人、弟がいたのよ。

——今はどこにいるの？

——お空の上。だから、あなたはその子のぶんまで一所懸命に生きなくちゃね。

こんな美しい会話をするべきなんだろうか。

出生前診断には賛否両論があるけれど、わたしは、検査してよかったと思っている。だって障がいのある子を育てるには、綺麗事だけじゃ到底済まないから。

子宝。尊い命。もちろんそうね。お義母さんの意見に異論はない。

世間はこうも言うだろう。生活に不便は生じても、かけがえのない子の存在は心も人生も豊かにしてくれるよ、と。またはこんなことを言う人もいるだろう。命を選別するなんて倫理的にどうなの？　と。それも一理あるかもね。

でも、じゃあ、そんなことを言う人たちは、子どもの一生涯にわたしと同じだけの責任を持ってくれるのよね？　わたしがお世話に疲れ果ててどうしようもなくなったとき、何はさておいても助けてくれるのよね？　……どうせ言いっぱなしのくせに、耳触りのいいことばっかり。そうやって何か問題が起きると真っ先に母親のわたしを責めるんだ。

わたしたち夫婦には、あの子を育てられるだけの心の余裕がなかった。覚悟もなかった。だから産まないと決めた。

それは、そんなに非難されるべきことなの？　無責任な外野ほど「かわいそう」と言いたがる。さも自分は善人みたいな顔をして。それでこっちがどんな気持ちになるか想像すらしないで。馬鹿じゃないの。

本当に「かわいそう」なのは、わたしなのに——。

もう、今日はこのままソファで寝てしまおう。隆浩と同じベッドで寝る気分にはどうしてもなれない。寝転んだままスマホを起動する。

そういえば樹が言ってたな。疲れていても寝る前にスマホを見てしまうのは、その日一日に満足していないから。どこかしら物足りなさを感じているからだって……確かに、そうかもしれなかった。

——それだけでも相当な贅沢なんだから文句言っちゃ駄目よ。

他のママから見ればわたしはどうやら「贅沢者」らしい。けど、何それ？　他人にわたしの何がわかるの？　たとえ世間一般から見てうちの旦那や姑が家事育児に協力的ないい人たちだったとしても、わたしがどう感じるかは、わたしが決めること。

「はっ、何が贅沢よ。低学歴のおばさんたちがわかった風に言っちゃって。わたしが満たされないと思ってるんだから、それが全部なの。理解できないなら黙ってて」

何気なくインスタグラムを開いてみる。目についたのは紫保の投稿だ。

デコルテを出したワンピース。丁寧に巻かれたつやつやの髪。バランスよくつけられたまつエク。インフルエンサー仲間とホテルでやっている期間限定のアフタヌーンティーに行ってきたらしく、華やかな写真の数々が、画面いっぱいに広がっていた。

いいよね、自分のためだけに使える時間がたっぷりあって。そこに写る紫保は綺麗で、見ていると嫌になるくらい、まぶしい。

それに比べてわたしはどう?

家庭があっても、わたしはいつだって独りぼっち。街を歩けば子連れさまと揶揄されて、ママ友からも専業主婦であることを暗にせせら笑われて、味方であるはずの旦那とはまともに喧嘩することさえできなくて。

「何で、わたしばっかり……」

こんな毎日がこれからもずっと続くと思うと、ぞっとする。

ねえ誰か。誰でもいいの。「頑張ってるね」って、わたしに言って。「かわいそうに」「あなたは正しい」って、誰でもいいから言ってよ。

4

いつもの坂には、今日は誰もいない。

重たい買い物袋をベビーカーに引っかけて、ふと、坂の上で足を止めてみた。まっすぐな坂の両脇には家が建ち並んでいて、下の十字路を車が横切っていくのが見える。冷たい冬の風が坂の上から下に向かって、ひゅうと吹き抜けていく。わたしは物思いにふけりながら、目に見えない風の流れを全身で感じている。

ほんの少しでも運命が違っていたなら――そんな考えが浮かんだ。もし、結婚をしていなかったら。もし、子どもを産んでいなかったら。

わたしには、違う人生があったんだろうか？

別に、紫保みたいな写真映えする美人でなくてもいい。樹のように特別な才能がなくたっていい。この歳になって誰からもちやほやされるような生活を望むほど、わたしは幼稚じゃないんだから。ただ、

「誰かがぜーんぶ、代わってくれたらいいのになあ」

そう独り言ちたとき、翼斗がまた泣き始めた。

ぎゃあぎゃあと、いつもより大きな声で。

どうしてこの子の泣く声は、こんなにも神経にさわるんだろう？ まるで母親のわたしに対する嫌がらせみたい。

めんどくさい。

妊娠したから産んだけど、そもそも子どもなんて欲しいとは思っていなかった。「素敵なお嫁さん」になりたいと思っていても、「素敵なママ」になりたいと思っていたわけじゃなかった。できちゃったから、ママになる。そんな人は世の中にいくらでもいるじゃない。

こう思うのも、いけないこと？

ああ、うるさい。翼斗の泣き叫ぶ声が鼓膜にガンガン響いて、頭がおかしくなりそう。

あんたはいいわよ、そうやって泣けば何でもしてもらえるんだから。ご飯も排泄《はいせつ》も、何だって気をまわしてもらえるんだから。でもママは違うの。ママは身も心も疲れてこんなにもくたくたになってるのに、誰にも労《いたわ》ってもらえない。それなのに、ちょっとくらい考えごとをする時間すら許してくれないの？

――チッ。邪魔だなあ。

違う。邪魔なのは、わたしじゃない。今も猿みたいに泣き続けているこの子。この子のせいで、わたしまで邪魔な人間に見られちゃうのよ。

――思うんだけどさ、あの子はたぶん〝ここじゃないどこか〟へ旅に出たんじゃないかな。

仁実は今、どこにいるんだろうな。どこにいたとしても羨ましいよ。少なくとも重い荷物を手放して、身軽に、自由になれたんだろうから。

「はあ……生きづら……」

いつも見る夢。この坂の夢。夢の中でわたしは恐ろしさを感じていた。もし、何かの拍子に転んでしまったらどうしよう。ここから下へ、下へと転がり落ちていったら、どうなってしまうんだろう――そう思うと同時に、本当は、胸がすくのを感じていた。ひょっとするとあれは、わたしの奥底に潜む「願望」だったのかもしれない。

めんどくさい。めんどくさい。めんどくさい。

「コレがなくなったら、ちょっとは楽になるのかな」

吹きつける風に、背中を押された気がした。

ふっ、とベビーカーを手放してみる。重たいものを降ろしたくて。一瞬、ほんの一瞬だけのつもりだった。でも。

つかみ直そうとしたベビーカーは、わたしの手をすり抜けるように坂を下っていった。

「え、やだ」

買い物袋を引っかけてあったせいか、ベビーカーは予想以上の速さで転がっていく。それなのにわたしの足は、なぜだか根が張ったように動かない。

坂の下の十字路は車がよく横切る。今だってまた一台通った。遠くなっていくベビーカー。早く行かなきゃ、早く止めなくちゃ、そう頭で思っているのに、どうして動けないの。何で見ているだけなの。このままじゃ、翼斗が、わたしの赤ちゃんが、

「何してるの！」

はっ、と息を呑んだ。

身を投げ出すようにしてベビーカーを止めたのは、末松さんだった。十字路にさしかかる寸前だった。

翼斗の泣き叫ぶ声に、やっと足が動いた。慌てて駆けだす。途中でけつまずきそうになりな

がら、転がるように坂を駆け下りる。一秒でも早く翼斗を抱きしめたくて仕方がなかった。ベビーカーのもとへ辿り着いたとき、わたしは、自分が泣いていることに気がついた。

「ごめんなさい、末松さん、本当にごめんなさい」

「……あなた、正気？」

「不注意で手を離してしまって、それで」

「見てたわよ」

と、末松さんは震える声で言った。

「最初から、見てたの。偶然ここを通りかかって、何となく坂の上を見てみたら、あなたが立っていて。……美優さん。あなた、わざとベビーカーを離したよね」

呼吸が止まった。

「どういうつもりなの。ねえ、美優さん」

答えられない。

「あなた、翼斗くんを殺そうとしたの？　自分の子がかわいくないの？　今だって真っ先に私に謝ったよね。それって私に怒られるのが嫌だから？　謝る相手は、他にいるんじゃないの？」

手にも、足にも、力が入らない。

末松さんは、無意識なんだろうか、ベビーカーとわたしの間に割りこむように立っていた。翼斗のママはわたしなのに、まるでわたしから翼斗を庇おうとするかのように、そこからどこうとしない。彼女の面持ちにはいつもの嘲笑も、非難もなかった。眼差しにあるのは、見知った子どもを危ないものから遠ざけ、守ろうとする母性。

翼斗の泣き声が遠く聞こえる。

そっか。母親の目って、こんな感じなんだ。

何考えてるんだ、と隆浩はわたしを怒鳴りつけた。

「信じられない。自分のしたことがわかってるのか？　坂の上で手を離すなんて……もう、これ以上は駄目だな」

そうだよね。

わたしはやっぱり、「駄目」だったんだね。

「何てひどいことを……。言っときますけど、子どもを殺そうとした人には親権なんて渡しませんからね」

翼斗を抱きながら、お義母さんも隆浩と一緒になって語気を強めた。それをわたしは、うなだれたまま聞いていた。

見過ごすわけにはいかないと思ったんだろう、末松さんはあれからすぐ、わたしの行いを隆浩に伝えた。人の口に戸は立てられない。いずれ近所でもパン教室でも今回のことは噂になる。挙げ句の果てに離婚まで突きつけられて、言い訳すらもろくにできなくて、もうどうしたらいいかわからない。

お義母さんはわたしから目を背けると、翼斗を連れて自宅に行ってしまった。抵抗できない赤ちゃんをわたしと同じ空間にいさせるわけにはいかないから、と。

隆浩はリビングを出て誰かと電話している。聞こえてくるのは「協議」とか「権利」とかいう単語。たぶん、弁護士に離婚相談の予約を入れているんだろう。

一方のわたしは、ダイニングテーブルに座ったまま、ただ放心するばかり。

誰もいないリビングは、こんなにも広かったんだ。そう改めて気づいた。翼斗の泣き声がしないと、こんなにも静かで……寂しい。

ぽろ、と涙がこぼれた。

わたしは何て馬鹿なんだろう。翼斗の声がうるさいと思ってしまった。翼斗の存在が邪魔だと思ってしまった。いなくなればいいのに、この子がいるからわたしは不幸なんだ、と。

でも手放してみて初めて、わたしは、自分がどれだけ我が子たちを必要としていたのか思い知った。遅すぎる。今さらすぎる。程なくわたしはこの家を追い出されるだろう。子どもたちとも金輪際、会わせてもらえないかもしれない。

子どもを邪魔者扱いした女には、一生「母親失格」のレッテルが貼られるんだ。そうして世間から白い目で見られ続けるんだ。

「ごめ、なさ、ごめんなさ……」

「どうしたの？　ママ」

顔を上げれば、リビングに下りてきた煌斗がわたしを見つめていた。

大事な話をするから自分の部屋に行っていなさい。煌斗は隆浩からそう告げられて、今まで二階の子ども部屋にいた。けれど普段優しいパパの怒鳴り声は、上にいても聞こえたはず。煌斗の顔は不安でいっぱいに見えた。

「ママ、泣いてるの？　大丈夫？　泣かないでママ、泣かないでよ」

弱々しい声に、たまらず駆け寄る。煌斗をぎゅっと抱きしめる。

強く、強く。

「ごめんね、煌斗。駄目なママでごめんね」

嫌だ、離したくない。だって煌斗も翼斗も、間違いなくわたしがお腹を痛めて産んだ、わたしの子なんだから。

それより何より、この家は、わたしの家でもあるんだから。今さら他に居場所を作るなんて無理。考えたくもない。

このままじゃいけない——そう思った。

心を入れ替えよう。隆浩にもお義母さんにも土下座する。許してもらえるまで、何度だって謝ろう。ただ魔が差しちゃっただけなの。物足りないだなんて思わないから、邪魔だなんてもう二度と思わないから、だからお願い、わたしをここにいさせて。

「煌斗。ママ、変わるから。今まで叱ってばかりで本当にごめんね。これからは絶対、いいママになるからね」

もっと強く抱きしめなきゃ。もっと、もっと。わたしの大事な子。愛する子。すると煌斗は腕の中で身じろいだ。

「ねえ、ママ」

「なあに?」

「また赤ちゃんを殺そうとしたって、本当?」

耳を疑った。涙は一瞬で引いた。

また。

「どうして、知ってるの」

「だってさっき、パパの声が聞こえて……」

「翼斗のことじゃない。今、またって言ったよね。まさかおばあちゃんに何か聞かされたの?」

「ううん。この前、公園で知らない人に教えてもらったんだ。煌斗くんのママは赤ちゃんを殺したことがあるんだよって」

「……誰、知らない人って」

「わかんない」

中絶のことは、仲良しの女友だちにしか伝えていない。そして煌斗は赤ちゃんのとき以来、彼女たちには会っていなかった。当然顔も覚えていないはずだから「知らない人」には違いない。

あの中の誰かが、煌斗に話した?

まさか、そんなはずは。

「適当なこと言わないで。わかんないって何よ。ちゃんと話しなさいよ、ねえ」

「痛いママ、離して――」

「やめろっ」

そこへ割りこんできた隆浩が、わたしから無理やり煌斗を引きはがした。失望の眼差しでわたしを睨みつけると、

「もうヒステリーとか、そういうレベルじゃなかったんだな。自分の子どもをこんな風に揺さぶるなんて。お前、どうかしてるよ」

「お願いママ、もう殺さないで。翼斗のことは殺しちゃやだよ。お願いだから」

煌斗は隆浩にしがみつきながら泣きじゃくっていた。その両目には恐怖が映っていた。

ああ、このリビングに鏡がなくて、よかった。今、自分の顔は見たくない。どうして煌斗がこんなにおびえているかは確かめるまでもなかった。

「出ていってくれ。もうお前はここにいていい人間じゃない」

たぶんわたしは今、ゲームに出てくる怪物よりも、恐ろしい形相をしているんだろうな。


もう、おしまい。ゲームオーバー。

わたしの帰る場所はなくなった。働いたこともない世間知らずのわたしを受け入れてくれるところなんて、たぶんどこにもないだろう。

まあ、どのみち探す気もないけど。

「あーあ。だっる」

——嫌そうというか、だるそうな顔、というか。

そうよ？　子どもを堕ろしたのも、専業主婦であることにこだわり続けていたのも、言ってしまえば全部めんどくさかったから。できるだけ楽をして生きていたかったから。隆浩に言われたことは図星だった。

——自分の子がかわいくないの？

はい、そのとおりです。わたし、自分の子がかわいいだなんて思ったこと、一度たりともありません。

だいたい母親は子どもに愛情を持つものだって、いつ、誰が決めたんだろう？　今まで愛していると、自分に言い聞かせていた。けれどもう、この期に及んで自分に嘘はつかない。

わたしは、親子だからというだけでわたしに負担を強いる子どもたちを、うっとうしいとしか思っていなかった。ただ、あの子たちがいることでわたしの居場所が確固たるものになっていたから、それなりにお世話してあげた。愛しているふりをしてあげた。それも今となってはぶち壊されちゃったから、煌斗と翼斗がこの先どうなろうが、知ったことじゃないけどね。

母親失格？　そうね。でも、わたしはそういう人間なの。何かいけない？

思えば末松さんも、わたしのそういうところを見抜いていたのかもね……賢い人。だから嫌いだったのよ。しかも隆浩に告げ口なんかしちゃって、アホくさ。自分が正義の人にでもなったつもりなのかしらね。

ああ、この世界に、わたしより生きづらい人なんているんだろうか。

『間もなく、二番線を、急行電車が通過いたします。間もなく、二番線を、急行電車が通過いたします。黄色い線の内側へ……』

よし、仁実みたいに、「ここじゃないどこか」へ行こう。

そこでなら、名前もつけないままお別れしたあの子にだって、きっと会える。会って、ごめんねって謝ったら、許してくれるよね？　ママを独りぼっちにはしないよね？　わたしはあの子の母親だもの、許してくれるに決まってる。そうして仲直りしたら、たくさんたくさん抱きしめよう。おいしいパンを焼いて二人で一緒に食べるの。ゲームでも何でも、好きなだけやらせてあげるんだ。……ああ、よかった。心はまだ絶望していない。

だってそこは、この世界と違って、わたしでも息がしやすい場所のはずだから。

＊　＊　＊　＊　＊

「いいえ。神父様には恐縮ですが、わたしは自分の行いを悔いてはいません」

その人は私の目を見ながら答えた。

きっぱりとした、迷いのない返事だった。そこにある感情はいまひとつ読み取れない。やがて私の困惑を察したのか、

「でも、強いて言うなら」

と、思いをめぐらせるように天井を仰いだ。

「新谷美優の子どもたちには申し訳ないことをしたと思っています。あの子たちに非はなかったのに、結果として、彼らを母親のいない子にしてしまったのですから」

「……あなたも確か、ご両親を亡くされているのでしたね」

これは資料を読んで知ったことだ。直に聞いたわけではない。が、どうやら本人もそのことを気にかけていたらしかった。

「今までずっと、神父様にはわたし自身の詳細な過去を伏せてきました。資料で大方のことはご存知でしょうし、どうせ話しても詮ないと思ったから。それでも神父様は辛抱強く、無言を貫いてばかりいるわたしの心に、寄り添おうとしてくださいましたね」

そうだ。ただ単に職務であるという理由を抜きにして、私は、この人自身のことを知りたいと思っていた。いったい何がこの人を凶行に駆り立てたのか、何を思っていつも冷静沈着な声色でいるのか。この人の中にある「闇」と、そして存在するならば「光」を、対等なひとりの人間として知りたかった。

「以前わたしにこう言ってくださったのを覚えていますか？　〝あなたは人よりずっと深くまで物事を見ているのですね〟と。それは生まれついての性質ではなく、たくさん本を読んできたからに他なりません。というより、本を読むことくらいしか、わたしにはなかったのです」

そこまでひと息に言うと、相手はしばらく瞑目《めいもく》して、

「……わたしのルーツをお話ししましょう」

と、重い口調で告げた。

「わたしの母は日本人、父は韓国人でした。子どもはわたしと、妹が一人。父は町工場で働いていたのですが、あるとき仕事中に事故にあい、手の指を切断せざるを得ない事態になって、そのまま職を失いました。母は昔から病がちでしたから、わたしたち一家は完全に食い扶持《ぶち》を失ってしまったわけです」

まるで三流映画のような悲惨さでしょう？　と笑う声は、侘《わび》しげにも聞こえた。

「でも、貧しいながらに幸せな瞬間も多くあったんですよ。家族全員、仲が良かったですから」

いわく、世間の風当たりが厳しくなったのは、労災給付金も尽きて生活保護を受けるようになってからだったそうだ。両親は近所から「税金泥棒」とささやかれ白眼視されていた。働い

てもいないのに税金で暮らしているなんてろくでもない、と。

「ですが実際のところ、父は働きたくとも職に恵まれなかったのです」

「それはもしや、お父様が韓国の生まれだったからですか」

「ええ。元より韓国生まれで中卒の彼を雇ってくれる職場は、先の町工場くらいしかありませんでしたから。わたしはというと、学校でいじめにあっていました。小さな頃から痩せぎすでひょろひょろしていたのも、いじめのターゲットにされる要因だったのかもしれません。妹もどうやら同じだったようです」

「外人」とからかわれ、上履きを捨てられたり、トイレで水をかけられたり。きょうだいは厳密に言えばハーフで国籍も日本だったのだが、いじめをする人間には関係なかったのだろう。

「父は何度となくわたしと妹に言っていました。お前たちは必ず大学に行きなさい、と。学歴さえあればきっといいところで働ける。お金に困ることも、いじめられることもなくなる」

「だからこそ勉学に励み、本もたくさん読んでいたのですね」

「はい。いつの時代の話だとお思いになるかもしれませんが、わたしたちと同じ境遇にいる人は、案外まだまだ多いものですよ。大好きな家族がいて、学校に通えて、夢や希望を持てていただけマシな方だったかもしれません。けれどもわたしは……」

そこで相手は言葉を切った。穏やかな表情が微かにゆがむのを見て、私は以前目を通した資料のことを思い出した。

「神父様もご存知でしょう。わたしは一度、すべてを失いました。

ある日、いつものように図書館から帰ってくると、家が燃えていたのです。サイレンがうなりを上げていて、野次馬が大勢集まっていて、消防士の一人が棒立ちになっているわたしを後ろに下がらせました。自分の家なのにどうして入っちゃ駄目なんだろう？　と思いましたよ。それくらい、目の前で何が起きているのか、頭が追いつかなかったのです」

父親も母親も、妹も亡くなった。

一家心中だった。

「おそらく両親は、わたしの知らないところで苦しみ続けていたのでしょう。貧しさや、世間の厳しさに。なぜわたしだけ生かしたのか、なぜ一緒に連れていってくれなかったのかと、心の底から両親を恨んだものです」

これほど悲痛な話が、現実にあるのか。私は何も言えず、黙って耳を傾けるしかなかった。

きっとこの人は神も仏も信じていまい。たとえ信じていても、憎みこそすれ、敬虔《けいけん》な気持ちを抱くことはできないだろう。

「その後、身寄りのないわたしは施設に送られました。施設でも当然のようにいじめはありました。〝弱者〟とカテゴライズされる人間同士であっても、です。どれだけ不幸な境遇にいようと、人は、誰かを貶《おとし》めずにはいられないのかもしれませんね。自分はコイツほど惨めではないと確認するために」

「…………」

「希望も夢もない、どん底の毎日でした。人と関わるのが怖くて、かといって自ら命を絶つのも恐ろしくて、日ごと息を殺すようにして過ごしていました。そんなとき、葵が施設にやってきたのです」

ふと、これまで淡々と語り続けていた声に、人間らしいあたたかみが宿った気がした。

「立石《たていし》葵さん、ですね」

「そうです。葵は、わたしを救ってくれました。暗闇のさらに奥の奥でひとり縮こまっていたわたしを、見つけて、まっすぐに向きあってくれました。葵だって辛さを抱えていたのに。わたしがどれだけ施設の中で逃げ隠れして彼女を遠ざけようとしても、必ずわたしを見つけ出してくれたんです。……ふふ、その姿はあまり格好のいいものではありませんでしたけどね」

そう振り返る面持ちには、真にやわらかな笑みが浮かんでいた。

当時、失意の底にいたこの人にとって立石葵という存在はそれほど大きく、言わば聖母に近い人物だったのだろう。どれだけ彼女を慕っていたかは、表情を見れば明白だった。

「葵はわたしにお気に入りの漫画を貸してくれたり、嬉しそうに自身の夢を語ったり、わたしの将来を一緒になって考えてくれたりして」

「そんな葵さんの心に触れるうち、いつしかあなたの心には、失ったはずの光がふたたび差していた」

「ええ、葵はわたしの恩人です。自身の夢のため色々なことを勉強していた彼女は、あるときわたしにこんな言葉を教えてくれましてね」

《変えられるものを変える勇気を
変えられないものを受け入れる冷静さを
そして両者を識別する知恵を与えたまえ》

「ニーバーの祈り……」

「そう、アメリカの神学者が残した言葉です」

自分の内面や未来は、自分次第でいかようにも変えられる。けれども生まれや、過去に起きた出来事は、逆立ちしようとも決して変えることができない。だから、苦しみも哀しみも静かに受け入れて、輝く未来に目を向けよう――。

「葵の言葉は、わたしの胸に沁みて、溶けこんで、奥底に凝り固まっていた辛苦を和らげてくれました」

「心根の美しい方だったのですね、葵さんは」

彼女の真摯な気持ちは、何よりも強く、優しく、この人の胸を打ったに違いなかった。

私のつぶやきに相手はうなずいて、さらに続けた。

「家族の中で、なぜ自分だけ生き残ってしまったんだろう。葵にそう問うてみたことがあります。誰にも言ったことのない、わたしの中で最大のしこりとなっていた問いでした」

するとと問いを受けた立石葵は、

――わからないけど、もしかしたら、希望を託されたのかもしれないよ。

と、答えたそうだ。

「わたしの両親は、絶望の中にあって、わたしに一縷《いちる》の望みを見出していたのかもしれない。わたしなら強く生きてくれる。〝生きづらさ〟から抜け出してくれる。きっと、家族のぶんまで……葵のくれた答えこそが両親の遺志だと感じて、わたしは、初めて人前で泣きました」

――ピュアな日本人じゃないとか、別に関係ないと思うんだけどなあ。

「わたしがいじめられるたび、葵はそう言ってわたしを励ましてくれました。今思えば、あれは彼女が、彼女自身に向けた言葉でもあったのでしょう。葵もまた変えられないもの――すなわち己のアイデンティティーに悩んでいたのですから」

「あの、つかぬことを聞きますが」

聞くべきか否か。迷いながらも、聞かずにはおれなかった。

「ひょっとして、あなたは、葵さんのことが……」

だが言い終わるより先に、

「さあ。どうでしょうね」

私の問いは微笑とともに封じられた。そこには踏み入らないでほしい、とでも言うように。

「ともあれ、葵のおかげでわたしはようやく、自分自身を肯定できるようになりました。独りじゃないのだと思えたことは、それだけで大きな力になりました。彼女と過ごした数年間は今でもわたしの、大切な宝物です。けれど、その葵は……」

——わたしもね、前向きに生きようってずっと自分に言い聞かせてたんだ。変えられないものを受け入れて、お腹の底から認めて、未来の可能性に目を向けようってね。だって、しんどいのはわたしだけじゃない。みんな同じだもの。人は誰だって、何かしらの〝生きづらさ〟を抱えているものでしょう？

そう確認するように語る姿が、どこか緊張して見えたと相手は言った。

——実はね、みんなにカミングアウト、しようと思うんだ。

「わたしは驚きました。なぜなら葵のアイデンティティーに関する悩みは、わたしと彼女の間だけの秘密だったのですから」
「……葵さんはあなたの生きづらさに寄り添う中で、自身の生きづらさにも正面から向きあわねばならないと考えるようになっていたのかもしれませんね」
「おそらくは。だからといって他の誰かにカミングアウトをする必要はなかったように思うのですが、それが彼女なりのけじめだったのでしょう。変えられるものを変える勇気を——あの言葉を胸に、一大決心をしたに違いありませんでした」

言いながら相手は視線を宙に滑らせる。瞬間、私は思わず息を詰めた。

果たしてこの人は自分で気がついているだろうか。

声色は冷静そのものでありながら、当時を回顧する面差しに、今、この人が常ならば隠している激しい感情が兆していることを。

「それから数日後、どうだった？　と尋ねてみたんです。するとうつむいていた葵は、わたしに顔を向けました」

無理やり作った笑顔。見たこともない表情だったという。

「葵のためなら何でもしたい。何かできることはない？　……そう聞いても、葵はただわたしの目をじっと見つめて、笑うだけで」

その作り笑いには哀しさと、寄る辺なさと、絶望がぐちゃぐちゃにまざりあっていて——。

「ああ、神父様」

不意に洩れ聞こえたのは、これまでの相手からは想像もつかないほど苦しげな声だった。今にも掻《か》き消えてしまいそうなくらいに弱々しく、すがるような声。

「どうか教えてください。わたしはあのとき、何と言えばよかったのでしょう。どうすれば葵の心を救えたのでしょう。その答えが、今も……今もまだ、わからないのです」

初めて、この人の「芯」が見えた瞬間だった。

第四章

「インフルエンサー」の生きづらさ

Ⅰ

「電車の線路に飛びこんだんですって。ホームドアをよじのぼってまで」

「見た見た、ネットニュースに上がってたやつでしょ」

「まあ、それじゃ自殺ってこと？」

「二人も子どもがいたのに、何でそんなことを。本人だってまだ三十じゃなかった？」

「実はちょっと小耳に挟んだんですが、数日前に下の子をベビーカーごと坂から落としたとか」

「えっ嘘、本当に？」

「育児ノイローゼかしら。前から何考えてるか読めないとこあったけど、急に爆発しちゃうんだからほんと、わからないものねぇ」

お通夜には美優と隆浩さんの親族一同が参列していた。斎場を出てすぐのところで内緒話をしているのは——といっても声がそこそこ大きいから丸聞こえなんだけれど——たぶん、近所のママ友たちだろう。

「紫保、どうやって帰る？　わたしはとりあえず近くの駅まで歩こうと思うんだけど」

樹から尋ねられて、少しの間、考える。

三月とはいえまだ若干寒いし、真っ黒な礼服姿で歩きまわるのも嫌だし、いつもならすぐにタクシーをつかまえるところだけど、今日はそんな気になれなかった。

樹とゆっくり喋りたい。

誰か、気持ちを分かちあえる人と一緒にいたい。

そうでなければ形のない不安に押しつぶされてしまいそうだった。

斎場を後にしたわたしたちは並んで歩きだした。その足取りは、重くて暗い。焼香のにおいが体中にまとわりついている気がする。話したいことはたくさんあるはずなのに、どれもうまく言葉にできない。

「……寒いね」

そんなことくらいしか、出てこなかった。季節は段々と春めいてきているものの、空気は今なおひんやりとしている。そうだね、と樹も小さな声でつぶやいた。

美優は亡くなった。

突然に、何の前触れもなく。

きっと遺族にとっても突然すぎることだったんだろう。斎場で弔問客に挨拶をしていた隆浩さんは、心ここにあらずという目をしていた。その横にいた長男の煌斗くんは、人の死というものを理解しているのかいないのか、祭壇の上の遺影をじっと凝視して、動かなかった。

遺影の中の美優はいつものほんわかとした笑みをたたえていた。何の心配事もなく、幸せそのものに見える笑顔——。

《用賀《ようが》駅で人身事故　女性が列車にひかれ死亡》

こう見出しがつけられたネット記事は、疑いようもなく美優のことを指していた。

記事によれば、電車の運転士に加え、駅のホームにも美優がホームドアをよじのぼる姿を見た人が数人いたらしい。自殺であることは明らかだった。

「美優はいつも、家事と子育てで疲れてたよね。お姑さんとの関係も……例のアレ以来、ぎくしゃくしてたみたいだったし」

アレ、が中絶の一件を意味することを、樹はすぐに察してくれた。

「うん。パン教室なんかにも通ってたみたいだけど、話を聞く感じじゃ、本当に仲の良いママ友はいなそうだったね。だからなのかな。日頃のガス抜きがうまくできなくて、大小色んなストレスが積もり積もっていって、それがとうとう爆発しちゃったのかな」

「だとしても変じゃない、こんなの。異常すぎるよ」

不安がずっしりと両肩にのしかかってきて、思わず足が止まった。

「……ねえ樹。これってやっぱ、おかしいよね」

わたしに合わせて立ち止まった樹は、物憂げに地面を流し見ていた。

おかしい。どう考えたって普通じゃない。

去年の年末に仁実が行方不明になってから、続けて双葉が傷害事件で逮捕され、そして今度は美優が——最後に会ったときだって何ら変わった様子もなくて、ストレスを抱えながらも充実した毎日を送っていたように見えた美優が、急に、命を絶った。

「わたし、誰かが美優を自殺に追いこんだんだと思う」

ここまできたら、そうとしか考えられない。

得体の知れない影が美優に襲いかかったんだ。詳細はわからないけれど、何か美優を精神的に追い詰めるようなことをして、だからこそ彼女は死を選んでしまったに違いない。

「樹も知ってるでしょ？　いくら悩みを抱えていても、本来の美優は自殺なんてするタイプじゃない。しかも旦那がいて、かわいい子どもが二人いて、お金もあって、何不自由ない生活をしてたんだから。誰かに何かされたとしか思えないよ」

けれど樹は一拍を置いて、

「誰かって、誰？」

と、わずかに片眉を上げた。

たぶんわたしの考えに半信半疑でいるんだろう。それじゃ困る。わたしはまくし立てるように続けた。

「双葉の職場にエアドロップ爆弾を落とした奴。こうなると仁実が何かしら事件に巻きこまれたって可能性も濃厚になってくるよね。現にまだ足取りも、無事かどうかすらわかってないんだから。あの二人の事件に関わった奴と美優を追い詰めた奴は、きっと同一人物なんだよ」

「紫保……」

「だってさ、よく考えてみて。これで五人中、三人だよ？」

一人は失踪。

一人は逮捕。

さらに一人は、自殺――。

「普通に暮らしてたら起こるはずのないことが、たった五人しかいないコミュニティーの中、一ヵ月に一人のペースで起きてる。これでも樹はまだ偶然だって思う？　三つの事件が全部ばらばらに起きたことだと思う？」

樹は言葉を探すように眉根を寄せていたけれど、やがて首を縦に振った。

「……わかったよ。もう偶然だなんて言わない。わたしたち五人の中でまさか死者が出るなんて、こんなの、とてもじゃないけど楽観視できないもんね」

「だよね。やっぱりそうだよね」

よかった。樹が同調してくれなければ、この不安はわたし一人で抱えないといけなくなる。何しろ仲良し五人組はもう、わたしたち二人だけになってしまったんだから。

絶対に被害妄想なんかじゃない。

仁実。双葉。美優。

一見ばらばらに見える三人の事件は、裏で一つに繋がっているはずだ。

「思うんだけど、一連のことには……ほら、美優も最後に会ったとき言ってたじゃない？」

――ひょっとして、葵のことが関係してたりして。

「わたし、あのときは絶対違うって思ったけど、改めて考えてみたらむしろそうとしか思えなくなったんだ。もちろん、わたしたちが悪事を働いたって意味じゃないよ？　でも思い当たることとって、それくらいしかないし」

「………」

樹は思案顔で口を引き結んでいた。

今や懐かしいK大学の「映画研究会」。そこで出会った仲良し女子は、最初、六人いた。

わたし、樹、仁実、双葉、美優――そしてもう一人が、葵。

けれども葵は、もうこの世にいない。大学四年の夏、彼女は自宅アパートの浴槽で自ら手首を切り、還《かえ》らぬ人になってしまった。ちょうど就職活動の真っ最中だったし、葵自身も就活に苦戦していることを何度となくこぼしていたから、きっとそれが原因だったんだろう。と、当時わたしたち五人は、そういう結論に至った。

今になって振り返れば、あの頃はどうにかして原因を断じてしまおうと誰もが躍起になっていた気がする。葵の自殺はまさしく寝耳に水。忙しくも楽しいキャンパスライフの中で、まさか身近な友人が自殺するなんて、夢にも思っていなかった。そのぶん心に受ける衝撃も並大抵のものじゃなかった。だからそれらしい原因を見つけて一刻も早く心を落ち着けたいと、わたしも含めてみんな、無意識のうちに望んでいたのかもしれない。真実かどうかなんて二の次。むしろ真実と向きあうことを、そら恐ろしく感じていた。

でも、あれから八年経った。わたしたちはもういい大人だ。

「実際のところ、葵がどうして自殺しちゃったのかはわからないままだったよね。噂じゃ遺書も見つからなかったみたいだし。だからわたしなりに、色々と考えてみたんだけど」

葵が手首を切った「本当の理由」。

実を言えば、就職難の他にも心当たりはあった。

「樹も覚えてるよね？　あの子が、自殺する何日か前、わたしたち五人にカミングアウトしてきたこと」

「……うん」

大学四年の夏。特別なイベントも何もない、ありきたりな夕方。みんなでキャンパスから最寄り駅までの道を歩いていたとき、葵がいきなり声を上げた。

それはわたしたちからすれば、実に唐突な告白だった。


――あのね、みんなに伝えたいことがあるの。わたし、実は……レズビアンなんだ。


「もちろんわたしたちはレズビアンだからって葵を拒絶なんかしなかったよ。友だちなんだから当然だよね。でも、いきなりあんなカミングアウトをされて、何というか、ちょっぴり気まずくなっちゃったのも事実でしょ？」

だって、あまりに急すぎたんだもの。

当時はジェンダーとかＬＧＢＴなんて言葉もまだほとんど浸透していなかったから、自分の身近にその当事者がいると知って、心底びっくりした。葵にそんな気《け》があるなんてちっとも気づかなかったから、なおさら。

不意打ちも同然の告白に、正直、どう反応していいかわからなかった。心はひたすら困惑するばかり。わたし以外の四人も似たり寄ったりだったと思う。わたしは、その場で葵に何と返したか覚えていない。何も言えないまま、駅で別れたような気がする。葵がどういうつもりでわたしたちに告白したのか、それでわたしたちにどうしてもらいたいのか。何を求めているのかも、まったくわからなかったから。

葵に関することで、もう一つ思い出したことがある。

カミングアウトから数日が経ったその日、わたしたちはいつものように映画研究会の部室に集まっていた。部室にいたのはわたしたち六人だけ。四年生にもなるとたいていの単位はすでに取り終えていたから、後輩たちが講義を受けている間、静かな部室で就活の情報交換をしたり、他愛もないお喋りをしたり。工学部の美優だけはまだ少し忙しそうだったけど、研究の隙を見つけては部室へくつろぎに来ていた。

そうしてだらだらと過ごしている最中、葵が飲み物を買ってくると言って部室を出ていった。わたしは、その後ろ姿を「いってらっしゃい」と見送りながら……ほっとしていた。

包み隠さず言えば、葵がいる間、わたしはずっと無理をしていた。笑顔を絶やさず、いつもどおりに振る舞ってはいたけれど、それは葵に気を遣っていたから。そのせいでひどく疲れていた。きっと他のみんなも同じだったんだろう。その証拠に、葵が出ていった途端、部室の中は水を打ったように静まり返った。

重たい、嫌な沈黙。みんな考えていることは同じだろうに、誰も声を上げられない。お互いに腹の探りあいをするばかりで時間は一秒、また一秒と流れていく。

そんなとき、不意に仁実が口を開いた。

仁実の発言を受けて、わたしはつい噴き出した。仁実があんな冗談を言うなんて予想外だったから。見れば双葉も、美優も、わたしと同じように笑っていた。そういえば樹の表情だけは変わっていなかった気もするけど、どうだったかな。

……今思えば、あのとき仁実が言ったことは、褒められたことじゃなかったかもしれない。でもわたしたちは、とにかく若かった。その場のノリで笑うことなんてしょっちゅうだったし、何よりあの重たい空気が変わったことで、張り詰めていた緊張もほぐれた。気持ちを切り替えられたおかげで、そのあと戻ってきた葵ともまた笑顔で接することができた。

——おかえり、葵。遅かったね？

——うん。売店が混んでたから。ああそうそう、旅行会社が出張に来てたよ。パンフレット、いくつかもらってきたんだ。

——わあっ、ありがとう。就活が済んだら卒業旅行に行かなくちゃね。

——やっぱ沖縄か、ちょっと奮発してグアムとかサイパンとか？

——ねえねえ、葵はどこ行きたい？

——わたしはどこでも嬉しいよ。みんなで行けたら、どこでも……。

葵はかわいくて大人しい子だった。綺麗な黒髪に、あどけなさが残る顔立ち。わたしは葵のことが決して嫌いではなかったし——若干おどおどしていたのが玉に瑕《きず》だったとは思うけど——卒業して社会人になっても、葵とは仲良しでいるつもりだった。だからああしてガス抜きができて、よかったんだと思う。

けれどその翌日、葵は自殺した。

わたしの胸に残ったのは、砂を嚙んだような後味の悪さ。それ以降、わたしたち五人の中で、葵の話はタブーというのが共通認識になった。誰が言い出したわけでもなく、自然と。

「もしかしたら葵、わたしたちが気まずそうにしてる空気を感じ取ってたのかも。あの子、そういうのに敏感なとこあったでしょ」

「確かにね」

短く返すと樹はふたたび歩きだした。わたしも樹のゆったりとした歩調に合わせて、足を踏み出す。

「わたしたちには、葵を遠ざけようなんて考えはこれっぽっちもなかった。樹だってそうでしょう？　カミングアウトされてからも普通に話しかけてたし、一緒に学食に行ったり、映画を観たり、それまでと変わらない接し方をしてた。あからさまに態度を変えた人は誰もいなかった。だけど、わたしたちの気持ちは、葵には伝わってなかったかもしれない。それどころか勘違いでわたしたちに拒絶された、とか思ってたとしたら」

「わたしたちは葵に恨まれていたかもしれない。そう言いたいの？」

と、樹はわたしの胸の内を読んでみせた。

「……そりゃもちろん、心外だけどね」

でも葵が拒絶されたと思いこんで自殺したなら、こちらの本心がどうであれ、原因を作ったのはわたしたちということになってしまう。

「で、ここからが重要なんだけど。仮に葵が本当にわたしたちを恨んでいたとするね。その上でもし、恨みを他の誰かに打ち明けていたとしたら」

「打ち明けられたその人は、当然わたしたちを悪と見なすだろうね」

「しかもその人が、葵をすごく大切に想っていたとしたら」

「葵を死に追いやったわたしたちに、復讐《ふくしゅう》する」

「そう。今みたいに、一人ずつ——考えすぎだと思う？」

コツ、コツ、と二人ぶんの足音が通りに鳴る。

すれ違う人々は礼服姿でうつむき加減に歩くわたしたちへ、気の毒そうな視線を寄越していた。大事な人を亡くしたのね、とでも考えているのかな。もちろんそれは正しい。わたしたちは確かに、大事な友だちを喪《うしな》ったんだから。

とはいえ、ここまで深刻な空気感を醸し出しているのは他に理由がある。その友だちと同じような目に、自分たちもあうかもしれない——そんな恐怖がぬぐいきれないからだ。

たっぷりの沈黙を挟んで、

「復讐、か。まさか自分がその当事者になる日が来るなんてね」

樹が自嘲気味につぶやいた。

「じゃあ、わたしの言うこと信じてくれるの？」

彼女は漫画家でありながら現実主義者でもあるから、もしかしたら失笑を買うだけで終わってしまうかもしれない。そう思ったけれど、そこはさすが樹。わたしの意見にちゃんと耳を傾けてくれた。

「信じるよ。これだけ異常事態が続いちゃってるんだもん、そりゃ怖いよね。わたしたち五人に復讐しようと企《たくら》んでいる誰かがいて、次のターゲットはわたしか、紫保かもしれないんだし」

そんな風に改めて言われると、怖気《おぞけ》が立った。

「だったら、捜そうか」

「捜すって何を？」

わたしが聞き返すと、

「決まってるでしょ。犯人を」

当たり前のような口ぶりで答える樹に、声が上ずった。

「は、犯人を？　わたしたち二人で？　それって危なくない？」

「本当なら警察を頼るのが一番だろうけど、やっぱりそれは難しいと思うんだ。美優は他殺じゃなくて自殺って確定してるし、誰かに追い詰められたんだって訴えても、信憑《しんぴょう》性に欠けるだろうし。だからわたしたち二人で犯人を見つけるしかないよ」

「そう……そう、だよね。わたしたちだって、ただおびえてるだけじゃいられないもんね」

強気に言ってはみたものの、思ったほど声量は出なかった。

だって怖い。怖すぎる。正体不明で顔もわからない犯人に自分から近づいていこうというんだから、怖くない方がおかしい。

けれど一方、樹の声色には変化がなかった。

「ひとまず葵の関係者を洗いたいところだね。家族とか、わたしら以外の友だちとか。といっても、わたしは誰も思いつかないいんだけど。葵ってあんまり自分のことは話したがらなかったし。紫保はどう？」

「樹が知らないのにわたしが知ってるわけないよ。だって葵と同じ学部だったのは樹だけだったんだから」

「うーん、それもそっか」

「でもわたし、知り合いの数だけは多いから色々探ってみる。どっかで葵と繋がるかもしれないもんね」

「わかった。じゃあこっちはこっちで調べてみるね。お互い何かわかったり、思い出すことがあったりしたらまた連絡しあおう」

そうこう話しているうちに、駅に到着した。

わたしたちは足を止めて、お互いに向かいあう。

「それじゃ、わたし、電車で帰るから」

「わたしはここからタクシー乗るね」

「ねえ、紫保……」

「何？」

ややあって、樹は「ううん」と首を振った。

「何でもない。帰り、気をつけてね」

「うん、ありがと。樹もね」

こちらを見る樹は、眉を八の字に下げて、いつになく心配そうな顔をしていた。

2

《どうかしてる　このクオリティでこの値段はバグってるとしか思えない》
光を当てて綺麗に撮影した美容液の写真を選んだら、さらに編集できらきらのエフェクトを加える。アオリの文章を貼りつける。商品名と値段も載せたら、また写真選び。次の写真には、商品を実際に使ったレビューを書きこんでいく。
《テクスチャーは重たい感じだけど、なじませていくとすぐサラサラに
個人的には夜使うのがおすすめかな
朝起きたときお肌ぷるっぷるで感動すること間違いなし

ベタつきもほとんどないし成分もカンペキだし、何なの？　天才？
これがないとわたしの肌はおしまいな気がする……！
またリピする　ていうか一生推す
乾燥肌さんは絶対使ってみてね
#最強美容液　#スタメン化粧品　#乾燥対策　#ｓｈｉｈｏの愛用品》
下品にならないよう適度に絵文字をちりばめて、美容液を手の甲になじませていく動画も一緒にアップして。ああそうだった、《#ＰＲ》ってつけるのも忘れないようにしないとね。そうしないと今の時代、うるさい人が多いから。これでインスタグラムと同じ投稿をツイッターにも載せたら、ひと仕事終わり。フォロワーのみんなの反応が楽しみだ。

インフルエンサーの中には花火のようにぱっと注目を集めてぱっと消えていく人がたくさんいる。けれど、わたしにはそんな心配もいらない。

今やフォロワー数はインスタグラムだけでも五十万を超えているし、わたしが発信する内容は何でもすぐバズる。紹介するコスメも、生活雑貨も、食品もインテリア用品もジャンル関係なく、飛ぶように売れていく。どうもわたしには、人を惹きつける才能があるみたい。おかげで企業からの宣伝依頼も引く手あまた。大学を卒業後はしばらく化粧品会社に勤めていたけど、今はそのときのお給料とは比べ物にならないくらいの広告収入をもらえているし、さっさと辞めて本当に正解だった。

さて、新しい投稿を終えたあとは前の投稿の反響をチェックするのがいつものルーティンだ。昨日投稿したシルクの枕カバーはどうなっただろう。
見れば、昨日の夜に投稿したばかりにもかかわらず、「いいね」の数は三万を軽く超えていた。通販サイトのページもチェックしてみると、表示は「在庫なし」。予想どおり、いや、予想以上の反響。コメント欄の反応も上々だ。
《この枕カバーほんとによさげ、知れてよかった》
《さっそくゲットしました》
《これ持ってるけど、ｓｈｉｈｏさんの言うとおりすべすべで摩擦が起きなくて髪が潤ったまんまだった。さすがお目が高い》
ああ、満たされる。心が安らいでいくのがわかる。美優のお通夜に行ってから不安でいっぱいだった気持ちが、爽やかに晴れていくような。
これだからＳＮＳはやめられない。
《この値段でシルク１００％はよく見つけたなとしか》
《うわー買いたかったのに売り切れてるー残念》
《ｓｈｉｈｏの紹介する商品はいつも争奪戦になるからこまめにチェックした方がいいですよ》
もうそろそろ出かける時間だけど、もう少し、あとちょっとだけ読んでおきたい。
そう思ってスクロールをしていたら、ふと、一件のコメントが目に留まった。
《はいはい、シルクのパジャマの次はシルクの枕カバーですか。セレブな暮らしをしてるわた

しスゴイでしょ、羨ましいでしょ、的な？　お前は一生絹でも食ってろ》

……またた。いつも否定的なコメントをしてくる奴。

前にＤＭで《おっぱいデカいっすね。何カップ？》とか聞いてきたのを無視したら、こうして投稿にいちいち噛みついてくるようになった。白いセダン車をこれ見よがしにアイコンにして、女に無遠慮に絡んできて。確かめなくてもわかる。きっと非モテの男なんだろう。このセダンは高級車の部類に入るとはいえ、数年前の型落ち。しかも車高をやたら低くしているのがまた何とも言えずダサイ。何度ブロックしてもまた違うアカウントを作ってゾンビみたいに復活してくるそのしつこさだけは、尊敬に値するけど。

その他にも《今日〇〇にいましたよね？》とＤＭしてくるキモイ奴とか、彼氏の有無を聞いてくる勘違い男とか、ＳＮＳには色んな人間がいる。けれどそういう奴らのことは気にするだけ時間の無駄だ。

続けてインフルエンサー仲間の写真を流し見ていたとき、

「あれっ？」

異常なコメント数を記録している投稿を見つけて、すぐに直感した。

これは――炎上だ。

その動画で彼女は、飼い猫を足の裏で撫でていた。

《見て見てうちの子♡　ふわふわすぎてこのままカーペットにしちゃいたい》

コメント欄をのぞくと案の定、投稿主への批判の嵐が巻き起こっていた。

《とても猫ちゃんに愛情を抱いているとは思えない行為》
《足蹴にするとか最低かよ》
《は？　カーペット？　毛皮をはぐってこと？　こわ》
《飼い主の資格なし。誰かこいつの生皮はいでやれ》
「……うわあ、やっちゃったみたいね」
ここのところ猫の人気が高まっているからペットに迎えたと本人から聞いていたけど、ネットのおもちゃにされてしまったんじゃ逆効果。動物愛好家は過激なフェミニストと同じくらい神経質だから気をつけてねって、あれほど忠告しておいたのに。
彼女は確かに不注意だった。
でも、それだけ。むしろわたしは、
「かわいそうに……」
図らずも同情のため息がこぼれた。
だって、こんなことくらいで騒ぐ人たちもどうかと思うもの。
この人たちは何でこんなに怒っているんだろうか。《※足は洗いました》《※怪我《けが》させないよう優しくやっています》《※カーペットに、というのはジョークです》って、いちいち注釈がついていないと理解できないのかな？
それってネットリテラシー低すぎじゃない？
《こういう投稿したらどうなるかくらいわからなかったのか？　肥大化した承認欲求と自己顕

示欲の権化。終わってんな》
ばーか、終わってるのはそっちよ。それっぽい言葉並べ立てちゃって、何様？　そんなんで賢くなったつもり？
《これでインフルエンサーとかw　フォロワー数たったの十万で威張ってるからこうなる》
そう言うあんたはフォロワー数いくつ？　なんだ、たったの二十じゃない。それでよく十万の人を笑えたものね。
《黙ってないで謝ったらどうですか？》
何それ、誰に謝れっていうの？　猫に？　え、まさか、あんたに？　あんたに何か実害がもたらされたの？　しかもどうせ謝ったところで何やかんやと理屈をつけて納得しないんでしょ。だってあんたは、ただの「言いたがり」なんだから。
はあ、苛々する。わたしへの批判じゃないとわかっていても。
いったい、この人たちは何を勘違いしているんだろう？　匿名だからどんなひどいことを言ってもいい、誰かが叩いているなら自分も叩いていいと思っているんだろうけど、そんなわけないじゃない。
SNSが広く普及して気軽に情報交換ができるようになったのは、本当に素晴らしいことだと思う。人と人の繋がり方も多様化してわたしたちの生活はより豊かになった。ただそれとは裏腹に、SNSの陰の面が、近年になって色濃くなってきたのも事実だ。
とりわけ問題なのが炎上。人気インフルエンサーと認められている以上、わたしも特別に気をつけなければならない、極めて厄介な現象だ。一度でも火がつけばその時点でおしまい。消火の術《すべ》はないに等しい。だから、常日頃から予防を心掛けるしかない。

わたしが考える「予防法」はこの五つ。
一、言葉づかいに注意すること。
二、過度な自慢にならないようにすること。
三、安易に政治やジェンダーに関する思想を述べないこと。
四、フォロワーが増えても調子に乗らないこと。
五、否定的なコメントがついても反応しないこと。
つくづく面倒だとは思うけれど、こうした節度を守ってさえいればフォロワーは良識のある人ばかりになるし、人気もどんどん上がっていく。中でも肝に銘じておくべきは「反応しないこと」だ。一度おかしなコメントに反応してしまったが最後、必ずそのコメント主をつけ上がらせてしまうから。そうなれば炎はさらに激しく燃え上がり、もはや取り返しのつかない事態になってしまいかねない。だからひたすら無視。とことん無視。これに越したことはない。

……まあ、そうはいっても、ムカつくものはムカつくのよね。

嫌なコメントを読んでしまったせいで苛々が止まらない。

「ったく、どいつもこいつも」

こういうときは裏アカの出番だ。わたしはツイッター上で表のアカウントとは別に裏のアカウントも作ってある。わたしだけの秘密のアカウント——そこに表には出せないうっぷんをつづれば、少しは気持ちも収まる。

《猫に怪我させたわけでもないのに、馬鹿みたいに騒ぎ立てちゃってさ。

みんな大げさすぎ。頭悪すぎ。

いつも情弱な人たちに上質な情報を提供してあげてるんだから、感謝されこそすれ叩かれるなんておかしくない？　重箱の隅をつつこうとうずうずしてる奴ら、他人の揚げ足をとって人生楽しい？　どうせ論破した方が正義とか思ってるんだろうけど、それってあんたが勝手に決めてることでしょ？

こんな馬鹿どものためにこっちが神経をすり減らさなきゃいけないなんて理不尽すぎるんですけど。全員○ねばいいのに》

「死」や「殺」という字はツイッターの規制に引っかかってしまう。

他人にケチをつける投稿は大量にのさばっているのに、一方でわたしの心からの訴えは、どうして投稿することさえ認められないんだろう。

《ああやって軽いジョークすら批判されちゃうなんて……そんなんだからこっちは生きづらいのよ。みんなヒドイ。哀しい。やりきれない。こんな世の中、間違ってる》

はーあ。ほんと、生きづらいったらありゃしないわ。

でも思いの丈を吐き出したら、やっとひと息つくことができた。

着替えてメイクして、香水を軽く振りかけて、わたしは代官山《だいかんやま》へと繰り出した。

「今日も綺麗だね、紫保。もしかして髪色変えた？」

先に待ち合わせ場所に来ていたパパが、わたしを見て嬉しそうに顔をほころばせる。五十二歳のおじさんだけど、大手企業の取締役で懐具合もハイクラス。髪の具合も寂しくないし、話は知的で、気配りが細やかで、わたしのちょっとした変化にもすぐ気づいてくれる。

「そうなの、ちょっと気分を変えたくなっちゃって。ワントーン明るくしてみたんだけど、どうかな、変じゃない？」

「全然。似合ってるよ」

紫保は何でも似合うからなあ、と言って腕を差し出してくるパパ。わたしはその腕にそっと寄り添って、彼と一緒に代官山を歩いた。

夜は最高級のホテルでディナーを取って、そのままスイートルームに泊まる予定だ。

「ねえ、今日は奥さん、大丈夫なの？」

「ああ気にしなくていいよ。女友だちと旅行だとかで、家にいないから」

「そっか。ふふっ」

なら、たっぷり時間はある。せっかくの機会だからうんとおねだりをしちゃおう。気になっていたセットアップに、バッグに、あとはパンプスとコスメも。そのぶん夜もしっかり付きあってあげるんだから、妥当な対価だよね。もちろんわたしにだって欲しいものを自分で買えるだけの財力はある。でも最近は散財を控えるようにしていた。

二浪したわたしは樹たちより二つ年上。もう三十二歳だ。何の対策もせずいつまでも今の生活を維持できるだなんて、そんな夢見がちなことを考えるほどわたしは愚かじゃない。

どれだけ美容医療にお金を注ぎこんでいても、女はいつか老いてしまう。美貌でパパを繋ぎ止めておけるのもあと二、三年が限界だろう。だから今のうちにもっともっと稼いで、お金を貯めておかなくちゃ。そうしていずれは自分のアパレルブランドを立ち上げる。これが当面の夢……ううん、夢なんて言い方はやめよう。今までにも数多く有名ブランドとコラボしてきた実績があるし、知識や人脈も抜かりなく築いてきたから、「夢」じゃなくて、「近く現実になる未来」と言った方が正しい。

けれど、こうやってきちんと将来を見据えているのに、秋田にいる両親や弟は事あるごとにわたしを心配してくる。結婚しなくて大丈夫なのか、と。

「……あのさ。結婚って、そんなに重要なこと？」

セレクトショップで服を選びながら、そうパパに尋ねてみた。

「どうしたんだよ、いきなり」

パパの顔は怪訝そうだ。この関係が不満なのか、と勘ぐるような顔。わたしは誤解されないよう軽く笑ってみせた。

「ちょっと疑問に思っただけ。世の中、まだまだ結婚するのが当たり前みたいな風潮あるじゃない？　でも結婚して子どもを授かったところで、必ずしも幸せとは限らないんだろうなあって」

脳裏には、美優の顔がちらついていた。

「そうだな。多かれ少なかれ制約がかかるし、面倒なことも山ほどあるよ。紫保はどうなんだ？　結婚、したいと思ってるのか？」

「うーん……」

別に結婚したくないというわけでもないけど、外見や経済面でわたしに釣りあう男がいない以上は仕方がない。見つかったとしても話がつまらない成金《なりきん》か、パパみたいな既婚者ばかり。それに結婚したところで美優のように不幸になる女もいれば、パパの奥さんみたいに旦那を陰で寝取られる女だっている。そう考えると結婚は、ともすればデメリットの方が大きいのかもしれない。

だから両親にはいつも「大丈夫だよ」とだけ答えている。そうしたら、

――いつでも帰ってぐればえんだよ。

と、優しい声で返されるのがお決まりだった。当てがないなら地元でお見合いでもすればいいだろう、と。

特に両親はインフルエンサーがどういう職業なのかを説明してもいまいち理解できていなかったから、わたしが本当に都会で身を立てているのか気がかりでたまらないんだろう。……その気持ちはありがたいと思う。

けど、帰るなんてとんでもない。

東京こそがわたしの輝ける場所。今さらあんな雪だらけで何もないド田舎に戻るなんて選択肢は、一ミリたりともないんだから。

「なあ、そこの本屋に寄っていってもいいかな。ビジネス雑誌を買い忘れてて」

パパとのショッピングは楽しくて、あっという間に時間が過ぎた。欲しかったものも――もちろんパパの支払いで――全部手に入れることができた。それでも空は薄暗いというくらいで、ホテルに向かうにはまだ早い。

「もちろん。じゃあわたし、何か飲みながら待ってるね。あそこって確かカフェも併設されてたよね？」

そうして店の中へ入り、ドリンクを買うための列についていていたときだ。

インフルエンサーとしてのアンテナがぴん、と立った。

「わあ、見てこのぬいぐるみ。かわいくない？」

陳列棚の横にあったのは大きなうさぎのぬいぐるみ。イスに座る格好で置かれたそれは、潤んだ瞳でこちらを見ていた。

「このカフェのマスコットキャラだっけ」

「そうそう。もう春仕様にしたんだね、桜柄の蝶《ちょう》ネクタイなんかしちゃって。うふふ、おっきくてかわいいなあ」

「一緒に撮ってあげようか」

「いいの？」

「どうせ頼むつもりだったろう？」

いじわるっぽく言いつつも、パパは慣れた手つきでスマホをかまえた。わたしが写真映えする景色やアイテムを見つけたとき、彼はこうして進んで撮影係を担ってくれる。

「はい、チーズ。って古いか？」

「あはは、気にしないの。いつも撮ってくれてありがとうね」

わたしの笑顔にパパは至極ご満悦だった。

やってもらって当たり前じゃなくて、ちゃんと感謝もしてくれる。紫保のそういうところがいいよねと、いつも言ってくれるパパ。……この関係を保てたなら、ひょっとしてアパレルブランドを立ち上げる資金だって援助してもらえるかもね。

ドリンクを買ったあと、空いている席にわたしへのプレゼントをどっさりと降ろしたパパは、「あー肩が楽になった」と笑いながら雑誌コーナーへ向かっていった。彼の後ろ姿を見送って、わたしはさっそくインスタグラムの投稿に取りかかる。

選んだのはドリンクを片手に持つ写真と、さっきぬいぐるみと一緒に撮ってもらった写真だ。

《新作ドリンクめっちゃおいしー♡

ほんのり桜の香りがして一足早く春を感じられるよ
デカうさちゃんとのツーショットもいい感じ
#代官山カフェ　#おしゃれドリンク　#休日さんぽ　#加工してないよ》

すると投稿して数分も経たないうちに、「いいね」は早くも千を超えた。
《桜ドリンクいいなー私も飲みに行こっと》
《あ、ネイル新しくなってる　めちゃ綺麗》
《うさちゃんもｓｈｉｈｏさんもかわいすぎです》
《つかスタイルよすぎん？》
《肌もつやつやだしこれで加工ナシなんてうらやま》
ありったけの賛辞を浴びて、頬が知らずゆるんでいく。
でも案の定、あいつもコメントをしてきた。
《今日は「代官山でお茶するわたし」か。承認欲求が高いと金がかかって大変だな。てか、あんまプライベートさらさない方がいいんじゃね？　怖い奴に目ぇつけられても知らないよー》
また白いセダン車のアイコン。いい加減、うっとうしいんだけど。
世の中にはわたしのようなインフルエンサーに否定的な人たちも一定数いて、何かというと「承認欲求が〜」とか「天狗《てんぐ》になって〜」とか余計なお世話を焼いてくる。でも、人間は社会的な生き物なんだから、大なり小なり承認欲求があるのは普通のことでしょう？　不特定多数から認められたい。それの何がいけないの？
インフルエンサーに限らず、人は学校や会社で日々、努力を重ねる。それは何かしらの成果を出したいから。成果を出したいのは、自分のためでもあるだろうけど、そこには「他の誰かから認められたい」という気持ちだって含まれているはずだ。

つまり承認欲求は、誰しもが持つ潜在的欲求。それなのにあれこれと茶々を入れてくる人たちは、ひと言で言ってしまえば僻《ひが》んでいるだけ。自分の暮らしと誰かの暮らしを比較して、勝手に落ちこんで、傷つけられたと被害者意識に囚《とら》われる。だから羨ましく思う誰かが失態を犯すとすぐさま飛びつき、その地位から引きずり下ろそうとする。他人の足を引っ張ることでしか自己肯定感を上げられないなんて、憐《あわ》れな人たちね。

そもそも誰かを見て嫉妬するのは「自分の世界」を持っていないからなのに。

——わたしはこういう人間なんですが、何か？

——誰かと比べる必要性すら感じていないんですが、いけませんか？

そうしてコバエみたいにうるさい世間の声を華麗に撥《は》ねつけ、自分の軸をまっすぐに保てる人は、その人だけの絶対揺らがない世界を持っている。そういう人がわたしは好きだ。

その点、美優は違ったな。……亡くなった人のことを悪く言ったらいけないけど、あの子には、自分の世界がなかった。ふんわりとした笑顔の奥に、いつも嫉妬を隠していた。

あれは去年の今頃だった。

わたしが美優のブラウスを「かわいくて素敵だね」と褒めると、

——ありがとー。でもこれ、もう流行遅れだから今日で捨てようと思ってるんだよね。

その場では「そっかー」と笑っておいたけど、内心「は？」と思っていた。

じゃあ何、それを褒めたわたしも流行遅れだって言いたいの？　第一そのブラウスが昨シーズンのトレンドだってことに、インフルエンサーのわたしが気づいていないとでも？　気づいていても優しさで褒めてあげたのに、当てつけがましく返しちゃって。

美優は学生の頃からふわふわ系というか、男からも女からもかわいいねってちやほやされるタイプだったから、専業主婦になってそういう機会がなくなってしまったことにひそかな不満を抱いていたのかもしれない。それで世間から褒めそやされるわたしに嫉妬していたんだろう。

いまどき世田谷《せたがや》に一軒家を建てて、旦那の稼ぎで食べていけて、仲の良し悪しはともかくお姑さんにもいつでも頼れて、と充分すぎるほど恵まれた生活を送っていたのに、いつまで経っても「隣の芝生は青い」と考える夢見る夢子ちゃん。それが美優だった。

美優と同じく仁実や双葉にも、自分の世界があるようには見えなかった。あの三人が抱えていた悩みを当然わたしも知っている。けれど、だから何？　って感じ。

だってしょうがなくない？　あの三人の生きづらさって、ありきたりというか、薄っぺらいものばっかりだったし。わたしの生きづらさに比べればカスみたいなものよ。だから感情移入してあげたくてもできなかったのよね。

でも、ただひとり、樹だけは別だ。

「お待たせ、紫保」

紙袋を手にパパが戻ってきた。どうやら目当ての雑誌を買えたらしい。

「どうかしたか？　小難しい顔して」

「ちょっとね、友だちのこと考えてたんだ。漫画家やってる友だち」

「ああ、いつも話してる子か」

漫画家をしている樹は、決してぶれない自分だけの世界を確立している。わたしにとって唯一の同士と言える存在だった。

「あの子は本当にすごいんだよ。どんなときでも一歩引いたところから物事を見てるというか。動揺したり、声を荒らげたりしてるところなんて一度だって見たことない。常に冷静でニュートラル……ただ、強いて言うなら、デビュー作のことが話題にのぼったときだけが例外かな」


——例のデビュー作もさ、出版されてだいぶ経ってるけどアニメ化が決まったんでしょ？

——え、マジ？

——すっごい、すごすぎるよ樹。

——映画化とかドラマ化は今まであったけど、アニメは初めてだよね？

——まあ、うん。そうだね……。

『ヴァジュラの果てに』——樹のデビュー作であり、わたしも大好きな作品。切なさが秀逸な冒険ファンタジーだ。

舞台はとある王国。数百年も続く内戦により一族と死に別れてしまった主人公の少年は、世界のどこかに隠されているという秘宝「ヴァジュラ」を求めて流浪の旅に出る。秘宝が持つ不思議な力によって、一族を奪った内戦を終わらせるために。

旅の途中で志をともにする魔女と出会い、立ちはだかる様々な困難を乗り越えながら、主人公は歩き続ける。嵐の日も。大雪の日も。独りぼっちだった少年には、いつしか大勢の味方が生まれていた。強大な怪物が現れても、仲間と一緒なら立ち向かうことができた。ところが悲願成就を目前にして、同じく秘宝の力を狙っていた王国軍と衝突し、彼は致命傷を負ってしまう。

死の間際、主人公はままならない人生を振り返り、そして仲間に見守られて、この世を去る。天国で、愛する一族とふたたび会うことを祈りながら……。

あのラストを思い出すだけで、わたしはついつい涙ぐんでしまう。

「初めて読んだときなんかティッシュ一箱を使いきるぐらい号泣しちゃってね。それくらいの感動作なのに、肝心の樹はその話になるといつも寡黙になっちゃうの」

「へえ、何でだろうな」

「……わたしには察しがついてるんだけどね」

実を言えば『ヴァジュラの果てに』は、「ラストが最悪」と一部から酷評を受けていた。

「〝せっかく途中まで面白く読めたのにラストのせいで台無し〟〝何でハッピーエンドにしなかったわけ？〟〝救いがなさすぎる〟って、そういうレビューも多くてね。……樹がかわいそうになっちゃう」

「なるほど。紫保はＳＮＳを主戦場にしてるから、低評価を受けるやるせなさもよくわかるってことか」

合点がいったようにパパはうなずいていた。

たぶん樹も、あのコメント群を読んでしまったんだろう。だからだろうか、彼女はデビュー作以降、二度とファンタジーを描かなくなってしまった。一部の批評家気取りたちのせいで。もったいないとしか言いようがない。

「ねえねえ、夜はここで食べない？」

「このユーチューバーもそろそろ落ち目だよな。似たような動画ばっかでさ」

ふと、何気なくカフェの中を見渡してみる。

各テーブルに座る若い子たちは、こぞって下を向き、お喋りしている相手をちっとも見ていなかった。視線は手元のスマホに注がれっぱなし。

「見てこれー、こないだ旅行行ったときの写真」

「新キャラ欲しすぎて五万も課金しちゃったよ。今月ガチでやべー」

なぜだかわからない。でも無性に、スマホの中だけが世界のすべてじゃないよ、と彼らに言ってあげたくなった。

一方でパパは腕時計に目をやっていた。

「まだホテルに行くには少しあるな。紫保は本屋を見てこなくていいのか？」

「んー、そうだね、軽くぶらついてこようかな。本とか雑誌は電子で買うようになったから、本屋に来るのはずいぶん久しぶりだし」

瞬間、むず、と記憶が刺激される感覚があった。

「あれ……？」

そういえば。

「ん？　どうした？」

「ごめん、ちょっとＬＩＮＥさせて」

あることを思い出したわたしは急いでスマホを手に取る。ＬＩＮＥアプリを立ち上げる。

《ねえ樹、葵のことなんだけど。あの子、本屋さんでバイトしてなかったっけ？》

ややあって、既読の表示がついた。

《あ、してたね。言われてみれば》

《だよね。今ふと思い出してさ》

わたしは少し考えて、さらに文字を打ちこむ。

《確か、中野《なかの》にある本屋だったよね。そこ、今もやってるかな》

3

翌日、樹と一緒に中野へ行ってみると、その本屋はまだ残っていた。

――えっ。葵ちゃん、ですか？

幸いなことに店長は替わっておらず、八年前に働いていたアルバイトのこともしっかり覚えていたようだった。

――働き者で本当に助かってましたよ。漫画コーナーを一人で担当してもらってたんですが、忙しいときでもいつもニコニコしててねえ。

とはいえ、当然というべきか、店長は仕事以外で葵と繋がってはいなかった。葵が亡くなったことも他のアルバイトを通して聞くのみだったとか。そこで葵と親しかった当時のアルバイトについて尋ねたところ、現在その女性は、錦糸町《きんしちょう》でイタリアンバルを経営しているとのことだった。

「あのさ、樹。あれからまた考えてみたんだけど」

教えてもらったイタリアンバルへ向かう道すがら、わたしはそう口を切った。

「わたしたちを狙う犯人って、ひょっとして、葵の恋人なんじゃないかな」

「……そうかもね」

今日の樹は何だか口数が少ない。

元からぺらぺら喋るタイプでもなかったけど、普段より暗いというか、物思わしげというか。仕事が忙しくて疲れているんだろうか。

「死んだ誰かの復讐を代行するのは、その人にとっての家族か恋人だった人。そう考えるのは順当だと思うよ」

「やっぱり樹もそう思う?」

「恋人となると、今から会う人だって怪しいかもね」

「え、どうして?」

「……だって葵は、レズビアンだったわけだからさ」

間を置いて、あっ、と思った。

そうだ。女の恋人イコール男だと思いこんでしまっていたけど、葵の恋愛対象は女性だった。あの子に恋人がいたとするなら、それは「彼氏」じゃなくて「彼女」だったはずだ。

ああ、うっかりしていた。わたしたちが今会おうとしている女の元アルバイト仲間。その人がまさに犯人という可能性だって、充分にありえるのに。

にわかに不安が襲ってきた。一方で樹は平然としている。何事にも動じないところは本当に尊敬するけれど、それにしたって冷静すぎるような……。

「いずれにせよ、話をするときは葵がレズビアンだと知っていたかどうか、まずはその辺りを探ってみればいいかもね」

「ねえどうしよう樹、何か急に怖くなってきちゃった。その人がいきなり刃物とかで襲ってきたらどうする?」

「二人で行けば大丈夫だよ。それに紫保、防犯ブザー持ってるでしょ?」

「うん、まあ……」

最後に美優と三人で会ったとき、樹はお互い自衛に努めようと話していた。それを聞いてわたしはすぐさま防犯ブザーを購入し、必ずバッグに入れるようにしてあった。

念のためと思ってバッグから取り出し、トレンチコートのポケットに忍ばせる。これで何かあってもすぐに作動させられる。今日はローヒールの靴を履いてきて正解だった。いつもみたいな十センチのハイヒールじゃ、慌てて走ったとき転んでしまうかもしれない。

やがて目当てのイタリアンバルに着いた。ドアには「準備中」の掛け札があるものの、電気はついていている。二の足を踏むわたしを尻目に、樹は躊躇なくドアを開けた。

「ごめんください」

わたしもポケットの防犯ブザーをお守りのように握りしめながら、樹の背中にひっつく格好で店の中に入る。すると、

「ああすいません、ランチは終わっちゃったんです。夜営業は十八時からで」

奥から出てきたのは恰幅《かっぷく》のいい女だった。本屋の店長いわく彼女も葵と同い年だったそうだから、三十歳。それにしてはけっこう老けて見えるけど。

彼女はわたしたちを見ても何ら驚くそぶりがない。細い一重まぶたの目をさらに細め、にこやかな笑みを浮かべていた。

「お忙しいところすみません。わたしたち、食事をしに来たわけではなくて」

と、樹が軽く頭を下げる。それにならってわたしも会釈をする。

「失礼ですが、長谷川《はせがわ》さんでしょうか」

「ええ、そうですが」

長谷川さんはやや不審そうな目で樹を見つめる。セールスか何かだと思ったに違いない。その視線がついとわたしに向けられたとき、

「あらっ？」

細い目がこれでもかと見開かれた。

「え、あのっ、もしかして、インフルエンサーのｓｈｉｈｏさんですかっ？」

おそるおそるうなずくと、長谷川さんは黄色い声を上げてこちらに近づいてきた。

「きゃー嘘みたい、私の店にインフルエンサーの方が来てくれるなんて。私、めちゃくちゃｓｈｉｈｏさんのファンで。インスタグラムもツイッターもフォローしてるんですよ」

「そ、そうなんですか。ありがとうございます」

「握手してもらってもいいですか？」

言うなり長谷川さんは許可していないのにわたしの手を取った。

「わあ、お会いできるなんて本当に嬉しい。最近はやたらと写真を加工しちゃう人ばっかりだけど、ｓｈｉｈｏさんはやっぱり違いますね。私と同年代のはずなのに実物も写真どおりにお綺麗で。あっ、そうだ。よかったらうちの店の写真、撮ってもらえません？」

「と、いうと……？」

「ｓｈｉｈｏさんに紹介してもらったら、超いい宣伝になるじゃないですか」

ちらりと店内を見渡してみる。

この内装を見る限り、わたしが進んで足を運ぶような店じゃ、ないんだけれど。

「ね、ね、お願いします。その代わり飲食代は一切いただきませんから」

食事をしに来たわけじゃないと樹が言ったばかりなのに、長谷川さんはわたしを拝む格好のまま、頑《かたく》なに動こうとしない。

どうやら言うとおりに宣伝をしなければ話を進められないらしい。この反応を見る限りわたしたちに悪意は持っていないようだけど、それにしても何て強引な人だろう。

横で樹が困り顔をしているのに気づき、わたしは渋々スマホを取り出した。

店内と看板を撮影したあとも長谷川さんは「じゃ、お願いします」と笑顔で言った。この場で投稿をしろ、という意味みたい。仕方がないので適当に文章を考えて投稿する。それでやっと彼女は満足したらしかった。

「すいませんねぇｓｈｉｈｏさん、ありがとうございます。有名な方に来てもらえるなんてほんとラッキーだなあ。で、ええと、ご用は何でしたっけ？」

わたしたちへの警戒もすっかり解けたようだ。

樹が改めて口を開いた。

「実はタケモリ書店の店長さんからここを教えてもらったんです」

「タケモリ書店の？　何でまた？」

「わたしたち、八年前に亡くなった立石葵の友人でして。他に彼女と親しかった人がいないか捜しているんです」

すると長谷川さんは上機嫌な顔から一転、哀しげに眉尻を下げた。

「八年前、あの書店で葵と一緒に働いていらっしゃったとか。同い年で仲も良かったと聞いたのですが」

「葵ちゃん……ええ、覚えてますよ。お互い大学は違ったけれど、たまにお茶やご飯に行ってましたから。人当たりがよくて懐っこくて、年配のお客さんからも好かれてて。でもちょっと臆病なところもあってね、厄介なお客さんにイチャモンつけられて、よく涙目になってたっけ。そのたび私が店長を呼びに走っていたんですよ。ああ、懐かしいなあ。葵ちゃんが亡くなって、もう八年も経つんですね」

すん、と長谷川さんは洟《はな》をすすった。

彼女はわたしたちと同様、葵の遺族から連絡をもらったそうだ。そうして葵のお通夜に参列した——わたしたちは誰ひとりとして行かなかった、お通夜に。

「驚きましたよ。まさかあの子が自殺しちゃうなんて……」

「突飛なことを聞くようですが、葵から生前、何か相談事をされたことはありましたか」

「相談？　ひょっとして、葵ちゃんが亡くなった原因を調べてるんですか？」

樹は一瞬黙ってから、うなずいた。

「……そんなところです。今さらですが」

「そうだったんですね。葵ちゃんからの相談事かあ。さっき言ったように、書店に来るクレーマーへの対応には困ってたみたいですが」

「もう少しプライベートなことでは？」

「うーん」

長谷川さんは腕組みをしてしばらく考えこんでいたものの、思い出せることはそれ以上ないらしかった。この様子では葵がレズビアンであったことも、知らないんだろう。

「いえ、なければないでいいんです。突然お訪ねしてしまってすみませんでした」

そう言って樹が切り上げようとした矢先、

「葵ちゃんのことを詳しく知りたいなら、妹さんに聞かれてはどうでしょう？」

まったく予想外の言葉だった。

妹？

葵に、妹がいたの……？

そんなことは初耳だ。

けれど驚くわたしをよそに、樹は、眉ひとつ動かさなかった。

「樹、知ってた？　葵に妹がいたって」

平静を装って聞いてみる。知らなかったと言ってほしかった。ポーカーフェイスなだけで、樹自身も内心では驚いているのだと思いたかった。それなのに、

「うん」

樹は、あっさり首を縦に振った。

「でも名前までは知らなくて」

「……そう」

「あ、私、名前もわかりますよ。妹さん、よくタケモリ書店に遊びに来てたからフェイスブックで友だちになったんです。まだ登録したままだといいけど。確か葵ちゃんとは一つしか歳が違わなかったはずだから、今は二十九かな」

言いながら長谷川さんはスマホを操作し始める。

「いたいた、立石百合香《ゆりか》ちゃん。世田谷の幼稚園で先生やってるみたいですよ。ほら」

そうして見せてもらった、立石百合香のプロフィール——勤務先欄には「くるみ幼稚園」とあった。聞き覚えがある名前。でも、今はそんなこと、どうだっていい。

わたしの胸には一つの疑念が生まれて、大きく渦を描き出している。


「くるみ幼稚園って、美優が煌斗くんを通わせてたとこだよね」

イタリアンバルを出て歩きながら、樹が神妙な声で言った。

わたしも覚えている。美優が「くるみ幼稚園」と口にしていたことを。場所も世田谷で、美優が住んでいた地域と一致していた。

「偶然なのかな。それとも葵の妹は、美優のことを認識してたのかな」

「…………」

「どうしたの紫保、黙っちゃって」

「あ、いや、何でもないの」

慌てて取り繕うと、樹は首を傾げた。

「そう？　それでさ、さっき話してたことの続きなんだけど。犯人は、わたしたち五人のことを近くで監視し続けてたんじゃないかな」

「監視、って」

「双葉の事件を思い出してみて。犯人は、双葉がセラピストの男の子と会うであろう場所を知っていた。じゃないとカメラを仕掛けておくなんてことできないからね。行きつけのラブホテル、おまけにどの部屋に入るかも知ってたくらいだし、普段から言動を監視されてたと考える方が自然でしょ？　仁実も、美優も、どこかからずっと見られてたのかもしれない」

そして、わたしたちも――。

ぞくぞくと、背筋が凍る思いがした。

ただしそれは、「今も背後から見られているかも」と考えたからじゃない。

樹は淡々と続けた。

「犯人を葵の恋人、つまりは女だと仮定しようか。そうするとわたしたちが知ってる限り怪しいのは……仁実のバイトの同僚とか、双葉が通ってたパーソナルジムのトレーナーとか？　けっこう深い話もしてたみたいだし。そうだ、会社の後輩って線もあるよね。あとは美優のママ友も考えられるけど、うーん、今の時点で絞るのは難しいね」

わたしは黙っていた。というより、声を出すこともできなかった。

「とにかく、次は一緒にくるみ幼稚園へ行ってみようか。葵の妹、百合香さんだっけ。彼女に直接会って話を聞けば何か新しいことがわかるかもしれない。もちろん家族が犯人って線も捨てきれないから慎重にね。わたしはこの後も空いてるし今から行ってもいいけど……って、ちょっと紫保、大丈夫？」

名前を呼ばれた瞬間、びくっと肩が震えた。

「もしかして、具合でも悪い？　どこか座るとこ探そうか？」

樹が顔をのぞきこんでくるのを察して、無意識に後ずさる。

「あの、わたし、今日はもう帰ろうかな。立ちくらみがしちゃって」

「そうなの？　まあ、それだったら仕方ないね。幼稚園に行くのはまた今度にしようか」

「うん、ごめん」

「一人で帰れる？　よかったら送っていこうか？」

お願い。やめて。

「いや、大丈夫だから、ほんとに」

これ以上、わたしに近寄らないで——。

もう限界だった。心配そうにこちらを見る樹の顔が、まるで知らない人に見えたから。

4

また連絡するねと言い残して、わたしは通りかかったタクシーに飛び乗った。

「とにかく出してください、早く」

タクシーの運転手は一瞬眉をひそめたものの、すぐにアクセルを踏んでくれた。エンジンのうなる音がする。風を切って走るタクシー。元いた場所から遠くなっていく。樹から、離れていく。

これで何とかひと安心だ。

「一緒にいたお友だち？　は、よかったんですか？」

「……いいんです」

タクシーが発進する瞬間、樹が何か言いたげにしていたのはわかっていた。けれどもう、何も聞きたくなかった。顔を見るのも怖かった。

わたし、どうして気づけなかったんだろう。

今まで本当の友だちだと思って、あんなに信じて、頼りにしていた樹を、これほどまで恐ろしいと感じることになるなんて。

——恋人となると、今から会う人だって怪しいかもね。

——犯人を葵の恋人、つまりは女だと仮定しようか。

怪しい？　女だと仮定？　白々しいことを。

誰より怪しいのは、樹じゃない。

最初からちょっとした違和感はあった。ひと月前、警察に相談しようと美優が提案したとき、樹はあれこれと理由を並べ立ててわたしたちを止めた。美優のお通夜からの帰り道、誰かから復讐のターゲットにされているとわたしが訴えたときも、樹はどことなく渋い表情をしていた。今日だってずっと思案顔をしていたし、極めつきは、葵に妹がいると聞かされたときだ。

前に樹は、葵の関係者に心当たりはないと言いきっていた。でもあの子は知っていたんだ。葵に妹がいたことを。知っていてわたしに話さなかったなんて、どう考えてもおかしくない？今までは樹のことを信じきっていたから何の疑いもなかった。疑うという発想すらわたしにはなかった。でもこうなるともう、樹以外に考えられない。

同じ大学、同じサークルに所属していても学部がばらばらだった仲良し六人組の中で、樹と葵だけは、同じ人文学部の同じクラスだった。あの二人は講義を受けるにも学食へ行くにもいつも一緒で、さらには同じゼミを選択するほど仲が良かった。よくお互いのアパートを行き来していたみたいだし、あの二人の周りには常に他の人間が割りこみがたい、バリアのようなものが張られていた。あれほど親密だったんだから間違いない。

樹こそが葵の恋人。

そしてわたしたち四人に復讐しようとした、真犯人。

思えば樹はこれまで、葵の話題が出るたびに固く口をつぐんでいた。〈ターコイズ〉で仁実の誕生日祝いをしたときも。双葉の事件について話しあったときも。美優が亡くなった後も、葵の名前が出るやいなや、樹は不自然なほど黙りこんでいた。無表情に、まさしく感情をこらえるように――きっとわたしたちのせいで葵が死んだと思っていたから、ああして怒りと憎しみを抑えこんでいたんだ。

今日わたしと一緒に犯人捜しをしたのだってただの芝居。あれは、自分は味方だとアピールするためだった。わたしを油断させるために過ぎなかった。

……ああ、何だか腹が立ってきた。

何でわたしがこんな思いをしなきゃいけないの？　悪いことなんか何ひとつしていないのに。葵がどう思っていたかは知らないけど、少なくともわたしはあの子を拒絶しなかった。それなのに何で？

スマホが振動する。長谷川さんからだ。あのイタリアンバルから出るとき、半ば強引にＬＩＮＥを交換させられたのだった。本当は断りたかったのに。

《今日はありがとうございましたー♡♡　また今度ゆっくりお店にいらしてくださいね♡》

ハートの絵文字がうざったい。

苛々してたまらない。

気づけばツイッターの裏アカウントを開いていた。

《何が「また今度ゆっくりいらしてください」よ。初対面なのに無理やり宣伝させるとか失礼すぎだから。あーマジありえない。早くさっきの投稿消しちゃいたい。ていうかあんな小汚い店にわたしが行くはずないじゃん？　内装もダサイうえに店主もデブス。あれでわたしのファンとか言って、何？　馬鹿にしてんの？　タダでもあんな店、お断りだっての》

うっぷんを吐き出しても苛立ちは治まらなかった。タクシーの揺れすらも癇《かん》にさわる。
ぶぶ、とふたたびスマホが震えた。
《大丈夫か、紫保？》
パパからのＬＩＮＥだった。
《何が？　どうかしたの？》
《インスタ、見てないのか？》
何のことかわからないまま、インスタグラムを開いた。
自分の投稿をさかのぼってみる。
「は……？」
大丈夫か、の意味がわかった。
でもわたしは、絶句して、現実を受け止められない。受け止められるはずがない――。
昨日の投稿。本屋併設のカフェで、パパに撮ってもらった写真。わたしはうさぎのぬいぐるみに抱きついて、頬にキスをしている。そこには見たことのないコメント数がついていた。
炎上、している。
わたしのアカウントが。
《マジ非常識すぎるだろコイツ》
《今までファンだったけどこれはないわ》
《うわー調子乗っちゃったねー》

《いつかやらかすとは思ってた》

何で？　何で？　嘘でしょ、どうなってるの？

心臓がどくどくと脈打つ。

《だから嫌いだったんだよコイツ。自分は特別だと思ってつけ上がってる典型。こんな女がいるからSNSをやる奴は民度が低いとか言われるんだ。ま、これで少しは反省するかな？　反省したところでもうオシマイだけどな》

白いセダン車のアイコン。いつもの粘着質なフォロワーだ。見たところこいつが先頭に立って他のフォロワーたちを煽《あお》っている。

でも、何で？　意味わかんない。ぬいぐるみと写真を撮っただけでいったい何がいけないっていうの？　これくらい誰でもやってることじゃない。

急いで下へ、さらに下へとコメント欄をスクロールしていく。

そして見つけた。

《べったり口紅をつけたまま店のぬいぐるみにキスするなんて不衛生》

《そもそも店に許可とってあるの？》

このコメントが元凶だ。けど、粘着質なあいつの仕業じゃない。あいつはただこのコメントに便乗しただけらしかった。

元凶のアカウント名は、

「〝ａｏｉ〟──」

目の前が、真っ暗になった。

揺れるタクシー。エンジンのうなる音が、いやに大きく聞こえる。

《いつも見てくださるフォロワーの皆様へ
このたびはわたしの軽率かつ不適切な投稿によって、皆様にご心配とご迷惑をおかけしてしまい大変申し訳ありませんでした。すべてはわたしの認識不足が招いた結果です。今後は皆様に決して不快な思いをさせないよう、認識と行動を改めていく所存です。本当にすみませんでした。

shiho》

本当は、わかっていた。

安易に反応してはいけないと。こういうときはだんまりを貫いて、度を超えた誹謗《ひぼう》中傷は水面下で訴訟に持ちこむのがスマートなやり方だと。

けれども収拾がつかないほど燃え盛っている自分のアカウントを見て、わたしは、パニックになった。一度ついた火は待てど暮らせど消えてくれない。批判コメントは増えていく一方で、ついには暴露系アカウントにまで取り上げられ、「#shihoを断罪しよう」の文言がツイッターのトレンド入りをする事態にまでなってしまった。

しょせんは知らない人たちなんだから無視するべき？　でも、彼らはわたしの顔を知っている。「ｓｈｉｈｏ」という名前も知っている。刻一刻と増えていくコメント——黙っていようと思っても、針のむしろに座らされている気分だった。

だからせめてもの対応として、インスタグラムのストーリーにお詫《わ》びの文言を載せた。真っ黒の背景に、かしこまった文言だけ。いつもの華やかさはさすがに封印した。

けれど、失敗だった。

このお詫びが火に油を注いだ。

《どっかからコピペしてきたみたいな文章だな》

《時間が経てば消えるストーリーで謝罪するなんて、本気で悪いと思ってない証拠ですよね？》

《必死すぎて笑える、このステマ女ｗ》

《だーからお店に許可とったかって聞いてんの。ねえ？》

五十万のフォロワーは、五十万の敵になった。

《がっかりです。これくらい誰でもやっていることと思われたのでしょうが、迷惑行為であることには変わりないですよね。しかもｓｈｉｈｏさんはインフルエンサーなんですよ？　常日頃からご自分の影響力を考えて行動しないといけないって、理解していなかったんですか？》

わたしのファンだった人たちまでもが、手のひらを返してわたしを叩く。顔も本当の名前もわからない誰かが、わたしという存在を執拗《しつよう》に嘲笑う。集団リンチと一緒。わたしは何か、この人たちに直接悪いことをしたのかな。謝っても本気で反省していないと言われてしまう。どうしてみんな、わたしの心を勝手に決めつけるんだろう。
「ａｏｉ」はあれ以降、何の動きも見せていない。ただし白セダンのあいつは、こんなことになっても容赦なんてしてくれなかった。
さらなる燃料が投げ入れられたのはお詫びをアップした翌日のこと。
わたしの裏アカウントが見つかって、そこに書き連ねてあった愚痴もろともが、一つ残らずさらされた。
当然、あのイタリアンバルの悪口も。
《インスタの文章が雑だなと思ったらこういうことだったのか。いくら無理やりだったからって裏アカで毒づくのはアウトっしょ。性根が腐ってるのがバレちゃったね》
《いつも親しみやすいキャラなのに、本性はあんな口悪い女だったなんてさすがに引く》
《え、裏アカに鍵かけてなかったの？　何で？》
《そういうとこでも自己顕示欲がダダ洩れなんだなあ》
《そろそろ歳なんだし普通に働けば？　いい機会じゃんｗ》
《てか前からこういうことあったよね？　年齢のわりにバカっぽいというか》
《んーと、言ったらアレだけどこの程度で炎上ってさ、つまりみんな本当はこの人のことが鼻についてて嫌いだったという解釈でおけ？》
《ご愁傷様でございますぅーｗｗｗ》
《もうフォローやめますね》

「……どうしろっていうのよ、これ以上」

あれからずっと、一日中、家に引きこもってコメント欄を追っている。

いったいどうしたら、元どおりになれるんだろう。わからない。

《ちゃんと謝れよ》

だって、もう謝ったじゃない。あれで駄目なら、どうすれば許してくれるの？　他にどうやって謝ればいいの？　……ていうか、わたしは「誰に」謝ればいいの？　どうせみんな、許す気もないくせに。

《常識的なマナーも知らず、他人への思いやりも知らない。きっと親に甘やかされて育ったんだろうね。かわいそーな人》

ひどい。最低。あんたがわたしの何を知ってるの？　何の権利があって人のことをそんな風に悪く言えるのよ？

《あの裏アカを見た感じ、承認欲求が高いやつほど他人を承認しないんだから笑えるよな》

電話が鳴った。

パパからだった。

『どうしてくれるんだ。あの炎上のせいで君とのことが会社にも妻にもバレた。裏アカに俺とのことを載せてただろ？　何でそんな浅はかなことを……いや、もう言ったって仕方ないか。何にせよ、もう、関係は打ち切らせてもらうからな』

一方的に言って、電話は切れた。

《謝れよ》《ほら謝れ》《あーやーまーれー》《いや謝んなくていいって、もう消えて》《みんなやめなよー》《そうそう、嫌なら見なきゃいいじゃん》《そういうあなたが見なければいいのでは？》《違うとこで喧嘩起こってて草草草》

やっとわかった。

炎上を終わらせることなんてできない。

だってこの人たちみんな、終わらせたくないと思ってるんだもの。

わたしは、みんなのおもちゃに成り下がったんだ。

《ばいばいクズ女》《もう顔も見たくないわ》《お前レベルの女なんていくらでもいるんだから》《ねえ、まだいるの？　いつ消えるの？》《社会のゴミ》《〇ね》《皆さんに朗報　人気インフルエンサーｓｈｉｈｏこと本名・柳瀬《やなせ》紫保の住所を特定しました。気になる人は凸してみましょう。東京都港区南麻布《みなみあざぶ》二丁目……》

第五章

「生きづらさを見つめる人」の生きづらさ

どうしてわたしたち現代人は、日々、こんなにも生きづらさを感じているのだろう。これほど便利なモノやサービスに囲まれているのに。種々の成功メソッドや価値観、幸福を実現すると謳《うた》う自己啓発本だって世にあふれているというのに。

漫画家という職を通して考えてきたけれど、明確な答えはいまだに見出せていない。なぜなら生きづらさというものの根底には、あまりに多種多様な問題が沈んでいるのだから。

「新作のネーム、拝見しましたよ沼田《ぬまた》先生。今回もすごく面白いです。また映像化されるのも夢じゃないですねーこれは」

神保町《じんぼうちょう》の喫茶店にて、編集担当の木戸《きど》さんは満足げに言うとコーヒーをすすった。

「〝インフルエンサーの生きづらさ〟――SNSの闇が浮き彫りになった今の時代にどんぴしゃのテーマですよ。僕はいまだにアナログ人間なのでこういったものには疎《うと》いんですが、常にアンテナを張ってらっしゃる方はやっぱり違いますねぇ。特にこのクライマックス、主人公が顔の見えない人たちから誹謗中傷を受けるくだりなんか、非常にリアルでびっくりしました。誰かモデルとか、参考にされた事件とかあるんですか？」

「いいえ特には。わたしの想像です」

ほお、と木戸さんは感服した声を洩らした。

紫保の一件を参考にしたことは、別に言う必要もないだろう。どのみちあの子とはもう、会うこともないのだろうし。

ひととおり内容を褒めちぎったあと、

「それでですね、ストーリーの流れは概ねいいと思うんですが」

木戸さんはくいっと眼鏡のずれを直す。ここからが本題、という合図だ。

「ここね、冒頭部分なんですけど、やや冗長だと感じました。もう少しわかりやすさとスピード感が欲しいところですね。なので、思いきって主人公の暮らしぶりをカットしてみるのはどうでしょう?」

言われるかもなあとは思っていたけど、案の定か。

「贅沢な暮らしをしているとわかるシーンがなければ、他者から嫉妬される展開に繋がらないと思ったのですが」

「うーん。でしたら、後で重要になるところだけ残しましょうか。食事やらティータイムやらは省いて、美容や服にいくらかけているか、という部分だけでもいい気がします。主人公がセレブであることは絵である程度伝えられるでしょうし」

一理あるとは思う。でも、どこか腑《ふ》に落ちない。もちろん木戸さんが悪いわけではないから、ここで闘っても仕方がないんだけれど。

わたしはぐっと言葉を呑みこんだ。

「わかりました。冒頭はできるだけカットします」

微笑んで言えば、木戸さんは申し訳なさそうに嘆息した。

「いつもすみませんね先生。本当は僕もゆったり時間が流れるような作品が好きなんですけど、まあ……お察しのとおりでして」

「どうぞ気になさらないでください。承知してますから」

「ではそのお言葉に甘えて、あと何点か。主人公のキャラクターデザインなんですが、もうちょっと露出を少なめにしていただけますか？　それとバストサイズも控えめに」

「あら。胸、大きすぎましたかね」

これは無自覚だった。頭の中に紫保がいたからかもしれない。

「若干、そうですね。スタイルがよくて魅力的なのは確かなんですけれど。いかんせん、とやかく言ってくる人がいますから」

「わかりますよ。近頃セクシーなキャラを描いたら〝女性全般を性的対象にしている〟とか何とか言われがちですもんね」

でも、わたしはそんなことを言う人に懐疑的だ。人が何かを批判するとき、そこには少なからず自分の心が反映されるものだから。

すなわち露出の多いキャラを見て「女を性的対象にするな」と気色ばむ人は、その人自身が女性全般を性の対象と見なしている、と言えるんじゃないだろうか。あるいはそういったセクシーな女性に、何かしらのコンプレックスを抱いているか。

「ええ、まさにおっしゃるとおりなんです。編集者もあれこれと気を配らなくちゃいけなくって。登場人物にタバコを吸わせれば嫌煙家からクレームが入って、セリフに〝男らしい腕〟とか書けば〝男イコールたくましいと考えるのは偏見だ〟なんて言われちゃう時代ですから。誰かを傷つけようとして漫画を描く人なんているはずないのに、どうしてこうも過敏な世の中になっちゃったかなあ」

「今の人たちは議論ができませんからね」

「議論、ですか？」

木戸さんは興味深そうにこちらを正視した。

「たとえばタバコだって、マナーさえ守ってくれるなら吸う人がいてもいいとわたしは思うんです。けれど〝わたしはこう思うのですがあなたはどうですか？〟って疑問を投げかけると――この場合は嫌煙家の方になるんでしょうが、なぜか自分自身を否定された気になって、目くじらを立てるケースが多いんですよね。

こっちは純粋に問いを投げているだけなのに、やたらむきになって自分と異なる意見を叩きつぶそうとする。自分だって誰かを否定しようとするくせに、自分が否定されるのは屈辱的で耐えられない。そして、時には自分が否定されないためにと、先手必勝の精神で誰かを攻撃するわけです」

「なるほど、そんな人がいたんじゃおちおち問題提起もできないな。漫画家さんもやりにくい時代になりましたよね」

「本当に。そう思うと、インフルエンサーの生きづらさと漫画家の苦悩は、根っこの部分では似ているのかもしれません。漫画家も何かにつけて批評されますから……」

偏った主義主張や、コンプレックスの裏返しともいえる攻撃、あるいは自己防衛をせんがための攻撃――かわいそうに紫保は、それらの直撃を食らってしまった。彼女のことを思い返すと、知らず、胸がふさいだ。

「先生、どうされました？　今日は何だか浮かないご様子ですね？」

「……いえ、何でもないんです」

木戸さんの案じるような声に、わたしは笑顔を作って対応する。頭に「みんな」の顔を思い浮かべながら。

仁実。双葉。美優。そして紫保。四人それぞれに予期せぬ不幸が降りかかって、ついに、わたし一人になってしまった。

最後に紫保から連絡をもらったときは驚いた。


――わたし、秋田に戻る。もう東京にはいられないから。


電話の向こうで言葉少なに語る紫保は、普段の様子とは似ても似つかないほど打ち沈んだ声音をしていた。あれだけ都会に強い執着を抱いていた彼女にとって、毛嫌いしていた田舎に戻ることは何より辛く、受け入れがたい結末だったに違いない。

さらに紫保はこうも明かした。

――襲われたんだよ、わたし……死にたい……。

その声は、震えていた。自宅を特定された数日後のこと。あろうことか配達員を装った男が、彼女の部屋に押し入ってきたのだという。それはインフルエンサーである彼女に好意を寄せていた、俗にいう「ガチ恋勢」の男だった。

インフルエンサーが事務所に属している芸能人やアイドルと異なる点は、ファンとの距離感だと思う。紫保は個人で活動していたから、事務所の強固なガードに守られていたわけではなかった。それが世間に親しみやすさを感じさせていた反面、ちょっと頑張れば手が届くかもしれないと勘違いさせてしまうような、近すぎる存在になっていたのも事実だろう。

襲われた、というのが果たして傷を負わされたという意味なのか、あるいはレイプされたという意味なのか。おそらくは後者なのだろうけれど、確かめることは憚《はばか》られた。紫保自身も、それ以上は語ろうとしなかった。

インスタグラムやツイッター、さらにはまとめサイトで繰り広げられた紫保の炎上騒動は、わたしも逐一追っていた。確かに口紅をつけた状態で店のぬいぐるみにキスする行為は、エチケット違反と謗《そし》りを受けても仕方なかったのかもしれない。けれど、さすがにあれは、いきすぎたバッシングだった。ましてや自宅に押し入るだなんて。

炎上を抑えこもうと右往左往し、結局どうすることもできないまま転落していった紫保。その様を見てゆがんだ優越感を抱いた人はきっと少なくなかっただろう。彼女は世間一般からすればいわゆる「セレブ」「勝ち組」だったから、なおさら。

些細な失敗すらも断じて許さず、寄ってたかって他人を叩きまくっては、落ちていく様を眺めて悦に入る。そういう人たちを見ていると、この世の中にもう「愛」はないんだろうかと哀しくなってくる。返す返す、紫保が不憫《ふびん》すぎる……もっとも、かわいそうという以外にも、思うところはあったのだけど。

紫保は自宅を特定された時点ですぐさま家を離れるべきだったのだ。にもかかわらず、そうはしなかった。そんな危機意識の薄さも、距離感を誤ったファンをいよいよ勘違いさせる要因になったのだと思う。まだ大丈夫、まだインフルエンサーとして復活できる、と希望を持っていたのかもしれないけど、考えの甘さにほとほと呆れてしまう。財産も港区のマンションも後まわしにして逃げていれば、二次被害だけでも防げただろうに。

……思えば紫保は、前からお金にがめつい一面があった。わたしの年収にも並々ならぬ関心を持っていた。あるとき根負けして、当時刊行されたばかりの漫画の印税額を教えたところ、

――えーっ、やば。しかもそれ、不労所得っていうんだっけ？　ヒットしたらもう何にもしなくてもお金が入ってくるわけでしょ？　いいなあ、わたしも漫画、描いてみよっかなあ。

甚だ心外だった。

本気じゃないにせよ、あんなことを軽々しく言ってのける神経がわからない。わたしが漫画家としてデビューするためにどんな苦労をしたか。その後もどれだけこの仕事に心血を注いできたか。一冊の漫画を世に送り出すまでにどれだけ「生みの苦しみ」が伴っているか。指先一本でSNSに投稿するのと同じ感覚でいてもらったんじゃ、本職としてはやりきれない。

こうした不満は何も紫保だけに限ったことじゃなかった。四人の女友だちがいなくなって、残されたわたしは——こう思ったらいけないのだろうけれど——本音を言えば、せいせいしている部分もある。

傍から見れば「仲良し五人組」だったわたしたち。その関係性を表からも裏からも完璧に俯《ふ》瞰《かん》できていたのは、たぶんわたしだけだ。

仁実は全員のことを好いていたけれど、双葉は優柔不断な仁実に苛つき、さらには専業主婦である美優のことも嫌っていた。反対に美優は自他ともに認めるバリキャリだった双葉にコンプレックスを抱き、インフルエンサーとして成功を収める紫保には妙な対抗心を燃やしていた。紫保は、どうやらわたしにだけは一目置いてくれていたみたいだけど、それ以外の三人をひそかに見下していた。そして、わたしは、そんな四人全員を、合わないと思っていた。

とかく女同士のコミュニティーには嫉妬や嫌悪といったほの暗い感情がつきものだ。わたしが彼女たちとの付き合いをやめなかったのは、そういう人間模様を観察していたかったから。間近に見て、創作活動の肥やしにしたかったから。ただそれだけ。己を客観的に見つめるということを怠りがちなあの四人は率直に言って、

——浅い。

と、思っていた。もちろん生きづらさを抱えていた彼女たちには心の底から同情していたし、共感や、感謝だってしてしていたけれど。

「……とまあ、僕からの指摘は以上ですね。先生は、何か気になる点などありますか？」

木戸さんに問われて、わたしは首を横に振る。

「じゃあ打ち合わせはこれで。引き続き、よろしくお願いしますね」

「はい。こちらこそ」

さてと、帰ったらさっそくネームの修正に取りかからなくちゃ。他にも連載の作業や単行本の最終チェックなど、やることは山積みだ。

でも、その前に……。

喫茶店を出て木戸さんと別れたわたしは、電車の時刻表アプリを立ち上げた。神保町から用賀へは、乗り換えなしで行ける。スマホをしまうと駅への道を歩きだす。

仕事に専念したいのは山々だけど、確認しておくべきことがある。

不幸にしていなくなってしまったあの四人のためにも。そして、わたし自身のためにも。

『間もなく、二番線を、急行電車が通過いたします。間もなく、二番線を、急行電車が通過いたします。黄色い線の内側へ……』

用賀駅のホームに降り立ったわたしは、目をつむって、亡き友人へと思いを馳《は》せた。

この場所で、美優は亡くなった。ホームドアをよじのぼり、線路に飛びこんで——本来の美優は自殺なんてするタイプじゃないと紫保は言ったけど、わたしはそうは思わない。なぜなら彼女の奥底に潜んでいた、堕落的ともいえる衝動を、わたしはちゃんと見抜いていたから。

とはいえ何が自殺のきっかけになったかまではさすがに見当がつかない。線路へと飛びこむ瞬間、美優の心にはどんな感情が漂っていたのだろう。それを知りたかった。

苦しみ？　哀しみ？　あるいはやるせなさ？　どうして死ぬ前にわたしに連絡してくれなかったのだろう。せめて心にある感情を伝えてくれていたら、漫画にできたのに。

「……残念だよ、美優」

四月になって、空気はほんのりと温《ぬく》もりを帯びてきた。

桜も先週ようやく見頃を迎えた。用賀駅から徒歩十分ほど、通りを行く人々はコートを脱いで片手に持ち、木々のつぼみを見上げては、愛おしげに笑みを浮かべている。

毎年この時期になると五人で清澄《きよすみ》庭園に集まって、花見をするのが定番だった。桜を見たら、園内にある和風レストランで池を眺めながらランチして。やや値が張る場所ではあれ、春の陽気と清閑な園内の雰囲気がまざりあって、なかなかいい時間だった。素敵な景色に、美味《おい》しい料理。みんなのお喋りも自然と弾んでいた。わたしはそれを微笑んで見ていた。

残念ながら五人であそこに行くことは、もうないのだけど。

——犯人は、樹なの？

電話の最後で、紫保はそう尋ねてきた。

違うよ、とわたしは答えた。

それを彼女がどう受け取ったかはわからない。そこで電話はぶつんと切られてしまった。もしかしてと思ってはいたけど、やっぱりわたしを疑っていたらしい。勘のにぶい紫保にしてはよく推理した方だ。

でも、わたしはそもそも最初から「犯人」とやらの存在を信じてさえいなかった。それこそ漫画みたいだと思ったから。フィクションの世界ならまだしも、普通に、真っ当に生きている現実で知らない誰かに狙われるなんて、ナンセンスとしか言いようがない。美優が亡くなったあと紫保があんまりにも不安そうな顔をするから仕方なく話を合わせてあげたものの、内心では面倒としか思えなかった。犯人捜しを提案しても、その実、本気で行動を起こすつもりなんてなかった。だから紫保と一緒に中野や錦糸町をめぐったあの日も終始、子どもの探偵ごっこに付きあっているような気分でげんなりしていた。

仁実が失踪したのも、双葉が逮捕されたのも、美優が自殺したことだって、ただ単に奇妙な偶然が重なっただけ。誰かに陥れられたのが確定しているのは双葉くらいだし、それだって双葉ひとりの問題なんだから、わたしたちには何の関係もないだろう。

そう、思っていたのだけど——。

紫保を炎上の憂き目にあわせた人物。「ａｏｉ」というアカウント名を目にしたわたしは、とうとう考えを改めざるを得なくなった。

だから、確認しなくちゃいけない。

「せんせー、さよーならー」

「はい、さようなら。また明日ね」

さらに歩くこと十分。くるみ幼稚園の前にはかわいらしいパンダの絵が描かれたマイクロバスが停《と》まっていた。今はちょうど送迎の時間らしい。

きゃっきゃと騒ぐ園児たち。それを優しい笑顔で見送る先生たち。わたしはその中で、最も若いと思われる女性の先生に声をかけた。

「あら、こんにちは。ええと、直接お迎えですか？　失礼ですがお名前をうかがっても？」

長い髪を後ろで一つにくくったその女性は、わたしを見てやわらかく目尻を下げた。懐っこくてどこか幼い顔立ち。

ああ、似ている。

おそらくこの人だ。

「いえ、園児の保護者ではないんです。実は、こういう者でして」

名刺を差し出すと、受け取った彼女は柔和な表情から一転、険しく眉をひそめた。わたしの名前に覚えがあったようだ。

ただし漫画家として、ではない。

「樹さん。あなたが……」

「立石百合香さんですね？　突然お仕事の場を訪ねてしまってごめんなさい。わたし、お姉さんの大学時代の友人でして」

「ええ、知ってますよ。姉から何度となくあなたの話を聞かされていましたから。仲が良い五人の友だちの中でも、あなたが一番の親友なんだ、とね」

その口ぶりには、嫌悪感があらわになっていた。

百合香さんはマイクロバスが発車していくのを一瞥《いちべつ》する。名刺をエプロンのポケットにしまうと、こちらには目もくれずに言った。

「近くの公園にでも場所を移しましょう。ここで話していたら、他の先生方のご迷惑になりますから」

「……わかりました」

幼稚園の敷地を出て歩く間、百合香さんはひと言も声を発しようとしなかった。

わたしも黙って彼女を追う。その背中からそこはかとなくにじみ出ている、無言の怒りを感じながら……とはいえ、恐怖心はなかった。

百合香さんは葵の親族だけど、「犯人」ではない。もしわたしたちを陰で監視していた犯人であれば、顔を見た時点ですぐにわたしが誰かわかったはずだ。そう考えると彼女は美優のことにも気づいていなかったのだろう。

「それで、何なんですか」

ベンチに腰掛けるが早いか、百合香さんは公園の中心にそびえる時計台を見やった。あまり時間は取りたくない、とでも言いたげに。

「今さら何のご用です？　というより、いったいどんな気持ちで私に会いに来られたんですか？　八年前、あなたも、他のお友だちとやらも全員、姉が死んだあとお通夜にも葬儀にも来ませんでしたよね？」

わたしは立ったまま百合香さんの姿を見つめる。

こう言われるだろうと、あらかじめ覚悟はしていた。

「アルバイト仲間の方だってお通夜には来てくれたのに。地方ならまだしも、私たちの実家は多摩《たま》市にあるのに。それでも遠くて面倒でしたか？　……姉はあなたたちのことを友だちと呼んでいましたが、どうも姉の独り善がりだったようですね」

彼女の膝に置かれた両手が、握り拳を作った。

感情的に非難されても致し方ない。事実、わたしたちは葵の死後、彼女の実家にお線香の一本すら上げに行かなかったのだから。

「ごめんなさい。あの頃のわたしたちは、精神的に子どもだったの。葵が亡くなったことがショックで、友人として何をすべきかもよくわかっていなくて」

「そんなの言い訳ですよね。だってあれから八年ですよ？　八年間ずっと、何をすればいいかわからなかったとでも？　たとえ遅くなっても姉の仏壇に手を合わせるくらい、しようとは一度も思わなかったんですか」

「…………」

わたし以外の四人が葵を弔わなかったのは、葵に対して「罪悪感」を抱いていたからだと思う。彼女たちは表立って葵を避けたり無視したりはしなかった。けれど、裏で友だちとしてすべきではないことをしたのも事実。たとえそれが葵の自殺に直接関連していなくても、自分たちの行いを振り返って気まずい思いをしたことはまず間違いないだろう。美優も紫保も、わたしから見れば異様なほど葵の影におびえていたのは、彼女に悪いことをしたという自覚があったからに他ならない。

一方でわたしは、あの四人とは違う理由で葵を弔わなかった。弔いたくても、弔えなかった。もちろん葵の生前、わたしは彼女に対して後ろめたいことは何ひとつしていない。そう自信を持って断言できる。ただ、わたしは……。

今までずっと、葵のことを、考えたくなかった。思い出したくなかった。できることなら葵の家族にも会いたくなかった。その理由を百合香さんに語ることは、当然しないけれど。

黙りこくっているわたしに対し、百合香さんは腹立たしげに言葉を継いだ。

「失礼な人たち。ショックだったって言うけど、いったいどれだけ？　姉が急に自殺してしまって本当に参っていたのは私たち遺族ですよ。ねえ樹さん、知ってましたか？　うちの母は私と姉がまだ小学生だった頃に亡くなってたんです。うちは、父子家庭だったんですよ」

「知ってました。わたしは」

が、他の四人は知らなかったことだろう。葵は辛いことを自発的に話すタイプじゃなかったから。そしてあの四人も、さして興味がなかったのか、葵の家族構成について尋ねることはしなかった。そう思うとわたしたちは本当に、うわべだけの友だちだった。

「母がいなくてただでさえずっと寂しい思いをしてたのに、それでも家族三人で何とか支えあっていたのに、お姉ちゃんまで死んじゃって。しかも自殺ですよ、自殺。私と父にはひと言も言わずに、アパートで手首を掻き切ったんですよ。きっと、苦しくて痛かっただろうに、お姉ちゃんは独りぼっちで」

と、百合香さんは半端に言葉を切った。その表情は何かを押し留めているようにわたしには見えた。

やがて聞こえるか聞こえないかくらいのため息を洩らすと、

「お姉ちゃんは、昔っから何でも自分ひとりで背負いこんでしまう人でした。苦しいことがあっても、それを笑って隠す人だったんです」

そう語る彼女の声は、どこか悔しげだった。

たぶん仲の良い姉妹だったんだろう。気の弱い姉と、気の強い妹。正反対の性格だけど、だからこそ、百合香さんは葵のことが大好きだったに違いない。そして葵も、百合香さんのことを大切に慈《いつく》しんでいた。おてんばな妹に振りまわされながらも優しく見守る姉。ふとそんなシーンが思い浮かんで、目頭が熱くなった。

「百合香さん。葵から何か、深刻な話をされたことはある？　たとえば、その……」

「レズビアンだった、っていう話ですか」

わたしの言葉を引き取るや、百合香さんの面差しに見る見る暗い影が差した。

「ええ、聞きました。亡くなる一ヵ月ほど前に突然カミングアウトされたんです。女性しか愛せないということを、本人は中学生の頃に自覚していたそうですね」

「そうみたいね。あなたは気づいてた？」

彼女は首を横に振った。

「私、言われるまで全然気づかなくて。性自認や性的指向に悩む人の存在は知っていたけれど、まさか身内に同性愛者がいるなんて、夢にも思わなくて……その現実を、受け入れられなかったんです」

なるほど。おそらくこの子は、過去を打ち明けたいと望んできたんだろう。ずっと誰かに懺《ざん》悔《げ》したかったんだろう。そう悟ったわたしは黙って話を聞くことにした。

「つくづく、自分が嫌になります。当時の私は受け入れるどころか、お姉ちゃんに辛く当たってしまった。私たち姉妹は一つしか歳が違わなくてほとんど双子みたいに育ったから、お互いのことは何でもわかってるって思いこんでたんです。お姉ちゃんはごく平凡な、引っ込み思案なところもあるけど明るくて優しい、普通の人だと思っていました。私と同じ普通の人。だから、レズビアンだと聞かされたとき、お姉ちゃんのことが急に赤の他人みたいに思えてしまって……〝気持ち悪い〟って、言っちゃったんです」

最低ですよね、と彼女は自嘲した。

「何で、あんなこと言っちゃったんだろう。お姉ちゃんを傷つけてしまうって、わかっていたはずなのに。お姉ちゃんがどれだけ悩み続けていたか、あのカミングアウトをするためにどれほど勇気を振り絞ったのか、今考えればわかることなのに。それなのに、私は――」

途切れがちに言った直後、百合香さんの瞳から、大粒の涙があふれた。彼女はその涙をぬぐおうとしなかった。拳を震わせて、ただまっすぐに、地面を睨んでいた。まるで過去の自分を責めるように。

楽しげにはしゃぐ声が耳をくすぐる。見れば、公園にいる女の子が二人、砂場にお城を作って遊んでいた。

「おねえちゃん、おねえちゃん」

「ん？　なあに？」

「スコップ、ちょうだい」

「うん。いいよ」

小さな二人は仲睦《むつ》まじく、寄り添いあうようにしてそこにいた。

ふと、四月の風がわたしたちの間を通り抜けていく。あたたかいけれど、少しひんやりしていて、物寂しい風。

「……ごめんね、葵」

わたしは空に向かってつぶやいた。もう会うことの叶《かな》わない「親友」に向かって。

己のアイデンティティーに悩み苦しんでいた葵を、わたしは、救うことができなかった。そのことを今まで八年間、胸の底で悔いてきた。わたしがもっと深く寄り添ってあげられたなら、葵が死を選ぶことはなかったかもしれないのに。

一方で百合香さんもまた、姉を突き放してしまった過去を悔いてきたのだろう。わたしを責め立てたのも、彼女自身の罪悪感を隠すためだったに違いない。

わたしたちは似た者同士だ。もし、あのときこうしていたら。あのときあんなことを言わなければ――そうやってこれからも繰り返し、後悔し続けるのだろうか。心に重しが載ったまま、生きていかなければいけないのだろうか。

「実は私、もうすぐ職場の同僚と結婚するんです。でも、本当に結婚していいのかわからないの。今までずっと、お姉ちゃんのことが心に引っかかっていて、私だけ幸せになるなんて、許されないんじゃないかと思って」

「違う。そんなことない」

涙に濡《ぬ》れた目がわたしを見た。

「ねえ、百合香さん。あなたは自分のせいでお姉さんが死んでしまったと思っているんでしょう？　わたしもそうよ。一番の友だちだったのに、救えなかったから。でも葵は、誰かのせいにして恨んだり憎んだりするような子じゃなかった」

それは妹である百合香さんもわかっているはずだ。

「葵のことだから、今も天国で、あなたも、わたしも、幸せになってほしいと願ってくれてるんじゃないかな。だからもう、自分を責めるのはやめよう？」

後悔ばかりしているわたしたちを見て、天国の葵が哀しまないように。

百合香さんはきゅっと唇を結んで、うなずいた。彼女の目はまだ哀しみを帯びている。けれどもそこにあった怒り――わたしへの怒りや彼女自身への怒りは、消えていた。

「……そうですね。ありがとう、樹さん。今日こうしてお話しできてよかった。さっきは失礼なことばかり言っちゃってごめんなさい」

「ううん、いいのよ。謝らないで」

「ところで……何か私に、聞きたいことがあったんですよね？」

ようやくこれで、本題に入れる。百合香さんの懺悔を聞くのもやぶさかではなかったけど、わたしは「犯人」の糸口をつかむためにここまで来たのだ。

「あのね、もし知っていたら教えてほしいんだけど。葵って、恋人がいたのかな？」

「恋人？」

なぜそんなことを聞くのか、と問いたげな顔をされた。

事情を詳しく説明するのも憚られて、わたしは一瞬考える。

「わたしもずっと葵のことが心に残っていてね。今さらすぎるけど、もっと葵のことを知りたいと思うようになったの。こうして葵を知ってる人と語りあってみたいし、もし葵に恋人がいたなら、その人とも会ってみたくて」

「そうなんですね……でも、ごめんなさい。お姉ちゃんの恋バナは聞いたことがないんです。いつも私が一方的に話して、お姉ちゃんが聞き役にまわってくれてたから。どういう人がタイプかって話も決まってはぐらかされてましたし」

それもそうか。何しろ葵にとって自分の恋愛の話をすることは、レズビアンの告白をすることと同義だったのだから。

　犯人は葵の恋人だと踏んではみたものの、これでは葵に恋人がいたかすら謎のままだ。どうしようかと悩んでいると、

「あ、でも」

　百合香さんが何事か思い出したように声を上げた。

「お姉ちゃんのお通夜に来ていた人の中で、一人だけちょっと気になった人がいました。参列者の中でも浮いてたというか、お姉ちゃんにああいう知り合いがいたんだなって不思議に思って、それで覚えてたんですけど」

「その人の名前とか、どんな人だったとか、詳しく教えてもらうことってできる？」

「いや、名前までは――」

　と、時計台を見やった百合香さんは弾かれたように立ち上がった。

「いけない、もう幼稚園に戻らなくちゃ。ごめんなさいね樹さん、まだやらなきゃいけない仕事があるもので」

　でも、と彼女は口早に続けた。

「実家に芳名帳が残っているはずなので、それを見ればその人の名前もわかるかもしれません。後日また連絡しますから、待っていてもらえますか？」

「いいの？　ありがとう、すごく助かる」

「じゃあ私はこれで」

言いつつ駆けだそうとした彼女の腕を、わたしは慌ててつかんだ。

「ごめん待って、あと一つだけ。あのさ……葵の夢とか、将来何になりたいとか、百合香さんは聞いたことあった……？」

するとと百合香さんは少しだけ考えて、

「いいえ？　特には」

と、小首を傾げた。

「就活では銀行とか商社とかメーカーとか、手当たり次第にエントリーしてたみたいですけど。あの頃、就職難で職選びをする余裕はほとんどなかったですからね。樹さんも同じだったでしょう？」

「……そうだよね。わかった、引き留めちゃってごめんね」

こちらに向かって一礼すると、百合香さんは気忙しそうに駆けていく。その後ろ姿を目で追いながら、わたしの胸には、深い安堵が満ちていた。

まだ犯人がわからないにせよ、取り急ぎ確認したかったことは聞けた。何はさておき重要なのは、わたしの秘密が誰にも知られていないということ。それさえわかれば安心だ。

ありがとう、百合香さん。これでわたしも、枕を高くして眠れそうだよ。

不意に、砂場で遊ぶ女の子と目が合った。どうしてだろうか、おかしなものでも見るように眉をひそめて――ああ、わたしの表情を訝しく思ったんだ。

大人が一人で笑っていたら、変に思われても仕方ないもんね。

2

漫画を描くにあたって一番好きな時間は、こうして下絵をＧペンでなぞっているとき。すうっとインクが紙に染みて、なじんで、定着する。わたしの頭の中にあった線や、登場人物たちの輪郭が、命を持つ瞬間。今はデジタルが主流になりつつあるけれど、今後も自分のスタイルは変えないつもりだ。

現在依頼されている仕事は単発の漫画が三本と、月刊ライフスタイル雑誌に連載している漫画が一本。とはいえ明確な締め切りに追われているのは連載の仕事くらいだし、わたしの絵柄はそこまで凝ったものではないからアシスタントは必要ない。世の中にはわたしの絵を「下手」と言う人もいる。そういう批評を見ると少し哀しくはなるものの、わたし自身、絵が格別に上手だとは思っていなかった。「淡々とした絵柄が作風に合っている」と言ってくれる読者もたくさんいることだし、たとえ批判の声があってもダメージは感じない。

ただ一つ許容できないのは、そう、「二番煎じ」と言われることかな。

「あの作品ぽい」とか「あの漫画家の影響を受けているんだろう」なんてこと、口が裂けても言わないでほしい。創作を生業《なりわい》にする者にとって、オリジナリティーにケチをつけられることほど不愉快なことはないんだから。

今、耳に聞こえるのは、ペンが紙をこする音だけ。

作業をする間はテレビやラジオをつけず、音楽も聴かない。ただ黙々と手を動かす。単純作業は常時忙しなく活動する脳をいっときでもクリアにしてくれる。そうすると心も整理整頓されて、また静かに、粛々と、物事を熟考する余裕が生まれる。今描いているシーンにも穏やかな時間が流れている。それをなぞりながら、わたしは茫洋《ぼうよう》と広がる思考の深く、さらに深くまでひとり潜っていく。

漫画家をしていて一番辛いのは、登場人物が辛い思いをするときだ。

どんなときでも冷静に見られるわたしは、決して無感情なわけではない。むしろ小さい頃からよく「あなたは感受性が豊かだね」と言われてきた。実際、そのとおりだと思う。映画もしみじみと切ないものや、はっきりとした答えが提示されずグレーのまま終わる作品を好んで観てきた。その方が、心に深い余韻が残るから。

ついてはその好みを自分の漫画にも反映しているのだけど……創作者の側にまわると、途端にしんどくなる。登場人物たちに感情移入しすぎてしまって。わたしの作品は総じて「生きづらさ」をテーマにしてあるから、辛いシーンも必ず描かなければならない。主人公が悩めばわたしの胸にもモヤが立ちこめるし、涙を流せばわたしの胸はきつく締めつけられる。先日、百合香さんが泣いているのを見たときも涙をこらえるのにひと苦労した。たぶんわたしは、共感力が強すぎるんだろう。

生きづらさという病が厄介なのは、「伝染《うつ》る」ことにある。わたし自身にこれといった悩みはない。けれども共感力が強いばかりにどうしても、他の誰かが抱える生きづらさを、自分の生きづらさとして受け取ってしまう。共感は疲れる。誰かが持つ負の感情に引っ張られて、こちらの気力まで削《そ》がれてしまう。そう思うと、感受性が豊かというのも考えものだ。大学時代からの女友だち。あの四人と話す時間も、本当は苦痛に感じていた。

——ねえどうしよう、樹。

——樹はどう思う?

といった具合で、みんなしてわたしに共感と意見を求めたがるんだもの。

そのたび真摯に考えてきた。彼女たちはどうすれば生きやすくなれるだろう? と。……一人になった今でもそんなことを考え続けているんだから、わたしは、真面目で人が好《よ》すぎるのかもしれないな。

そうそう、あと一つ、漫画家としてやっていく上で辛いことがある。「わかりやすさ」を求められることだ。担当の編集者さんたちは口をそろえてわたしに「もっとわかりやすくお願いします」と言う。

わかりやすい展開、わかりやすい感情描写。

スピーディーに、かつ冗長にならないようにと。

本当はもっと複雑なものを丹念に描き上げたいのに、コストパフォーマンスやらタイムパフォーマンスやらを重視する今の世の中では受け入れられない。とにかく大量のコンテンツを消費しようと気張る現代人は、じっくり一つの作品に浸ることをしないらしい。周りに置いていかれないように。時間を持て余さないようにと。それは、とても哀しいことだ。なぜそうまでして生き急ぐのだろう？　物語の中にちりばめられる「間」こそが、人の内面を豊かにしてくれるのに。そんなことだから想像力や読解力に乏しく、他者の気持ちに共感できない人が世にあふれ返っているんじゃないだろうか。他者に無頓着な人が増えればいきおい思いやりの心も欠けていく。果てにはぎすぎすした空気ばかりが満ちる。世の中が便利になっていくのに比例して生きづらさも増していくのは、まさに皮肉だ。

今の世に生まれ落ちるということは、それだけで生きづらいことだと思う。

金銭的にも精神的にも余裕のない世界。

勝者と敗者を選《え》り分けようとする競争社会。

同調圧力。過度な言葉狩り。「多様性」「個の時代だから」と寛容にかまえておきながら、処罰感情だけはいやに大きくて、互いにこっそりと監視しあってはルールからはみ出した者を徹底的に排除しようとする。ああ、何て不寛容。何て生きづらい世の中だろう。

でも、だからこそわたしは、わたしと同じく息苦しさを感じている人たちに寄り添える作品を描こうと思う。この世に生きる「何者でもない人たち」に共感される作品を——だってそれが、漫画家たるわたしの使命。

だからあの四人の生きづらさとも、逃げずに向きあいたい。

まずは仁実。今になって思うとあの子は、カサンドラ症候群ではなかったかもしれない。彼女が失踪したときの亮平さんの反応を聞いて、そもそも亮平さんはアスペルガー症候群ではないと考え直したからだ。彼はただ単にずぼらで、自分の思考を丁寧に言語化する気力に欠けていただけ。彼なりに仁実のことを想っていたのだとしたら、アスペルガー症候群と断じてしまったことを申し訳なく思わないでもない。ただ、どのみち仁実は自分の性分に名前がつくことで安心していた節があった。それは彼女が不安を抱える「繊細さん」であったことの、何よりの証《あかし》。そうして殻を破れない自分にやきもきしていた。平凡な自分に、強烈なコンプレックスを感じていた。

双葉は「バリキャリ」と見なされることに優越感を覚えながらも、反面、上から目線にならないよう自制をしすぎていたきらいがあった。叱るという行為を必要以上に控えて、誰かのぶんの仕事までをも一手に引き受ける。けれどもそんな彼女の大変さをわかってあげられる人が、あまりにも少なすぎたんだろう。

美優は不運にして同じ「専業主婦」の人が周りにいなかった。ただでさえ子連れさまと揶揄されて肩身の狭い思いをしていただろうに、周りが働く女性ばかりで、どれだけ居心地が悪かったことか。たぶん、わたしたち全員に対しても劣等感を抱いていたんじゃないかな。自分を肯定してくれる誰かが身近にいれば、あの子の運命は変わっていたかもしれない。

紫保は……考え足らずなところがあったのは確かだけど、彼女が常々「インフルエンサー」として一所懸命に努力していたことも事実だった。それなのに過剰な正義を振りかざす人たちや他者の不幸をエンタメのごとく楽しむ人たちに追い詰められて、職も住み処《か》も追われてしまった。

かわいそうな彼女たち。思うに、みんなが生きづらかった根本の原因は、社会にある。

この時代に生まれたからには何者かにならねばなりません。

誰かを叱って傷つけるようなことがあってはいけません。

母親業をしながら働くなんて当たり前。

自分の言動で炎上しても自己責任。

社会はこうした強迫観念を、しつこく彼女たちに植えつけてきたのだから。

じゃあ、葵はどうだろう？

「…………」

意図せずペンが止まった。

ちょっと、疲れたな。

イスから立ち上がって大きく伸びをする。気分転換に紅茶でも飲もう。ポットでお湯を沸かす間に紅茶の缶を開ける。その瞬間、ふわ――とレディグレイの香りが鼻先をかすめて、過去の記憶を連れてきた。


――何だか疲れちゃったね。紅茶でも飲んで休憩しよっか。

レディグレイは、葵が好きな紅茶だった。アパートまで遊びに行くたび、あの子はわたしにこの紅茶を淹《い》れてくれた。爽やかで、少し甘酸っぱい香り。

――いい香りでしょ？　樹も絶対気に入ると思ったんだよね。

――ねえねえ樹、この作品はもう読んだ？　わたしすっごく感動しちゃって、樹にも読んでほしいなあって。また感想言いあったりしようよ。

葵は、本当にいい子だった。

わたしの恋愛対象は男性だけど、ノンケだとかレズビアンだとかそういう話は抜きにして、わたしは葵のことが、純粋に人として好きだった。きっと、葵も。あるいは、わたし以上に。

――もしかして、樹は気づいてた……？　わたしが、女なのに女性が好きだってこと。

紫保を炎上させたアカウント名からして、葵の復讐を代行する誰かが仁実、双葉、美優、紫保の四人を不幸にしたのはもはや確実だろう。とはいえ、わたしに限ってはいまだ何の変化もない。不穏な気配なんてつゆほども感じずに、こうしてゆったりと日々を過ごせている。今も、これからも――当然といえば当然だ。

わたしが復讐のターゲットにされるはずがない。

だってわたしは、葵の「親友」だったんだもの。

葵とはサークルだけじゃなく学部もクラスも、ゼミまで一緒だったから、大学時代のほとんどの思い出を共有していたといっても過言じゃなかった。お互いのアパートをよく行き来していたし、人知れず夢を応援しあったり、アドバイスをしあったりもしていた。

葵がカミングアウトをしたときだって、わたしはさほど驚かなかった。彼女が女性しか愛せないことは、一緒にいて何となく勘づいていたから。他の四人のようにぎこちなく振る舞うことも一切なかった。葵が自殺してしまったときだって本当に、心の底からショックで、しばらくは眠れない日々が続いたくらい。

だから、恨まれていたはずがない。葵はきっと「犯人」にも、わたしのことだけは大切な親友だと伝えていただろう。

わたしは葵に、心から感謝している。あの大学に行ってよかった。あの子と出会えて本当によかった。葵がいたからこそ今のわたしがある。葵が死んでくれたからこそ、わたしは——。

「ふふ……いい香りだね、葵」

人間の魂は死ぬとどうなるのだろう？

たまにそんなことを考える。幽霊は存在するのか？　死後、魂だけがこの世に留まるなんてことが現実にあるのだろうか？

まあ、あったとしても関係ないけど。葵は妹にすら将来の展望を語っていなかったそうだし、わたしが犯人に狙われる恐れは万に一つもない。たとえ葵が幽霊になって、今この瞬間もわたしを見ていたところで、どうということはない。

どのみち死人が何かを訴えることなんて、できるわけがないんだから。

3

金曜夜の〈ターコイズ〉はほぼ満席だった。

マスターの小野寺さんは入り口に佇《たたず》むわたしに気づくや、はっとしたように目を見開いた。

「樹ちゃん。ええと、今日は一人？」

「はい」

店内を軽く見渡してみる。

奥のソファ席には合コン中と思われる若い男女六人組が座り、楽しそうに言葉を交わしていた。いつも五人で座っていた席。わたしがあそこに座ることは、この先もうないのだろう。そう思うと少しだけ切なくなった。

「ごめんね、今日はいっぱいで。カウンターでもいいかな？」

うかがうような口ぶりで言って、マスターはカウンターの一番端を示す。一人なのだからむしろその方が気楽だ。わたしは素直にそちらへと足を向けた。

「いらっしゃい樹さん。あの、もしかして、こっちに座るの初めてですか？」

と、おしぼりを差し出す凜くんも、マスターと同じく遠慮がちな様子だ。

無理もない。ここへ来るときはいつだって五人そろっていて、わたしが一人きりで来ることなんてただの一度もなかったのだから。

「そうだね。だけどカウンターも落ち着いてていい感じ」

「なら、よかったですけど……あ、飲み物はどうされます?」

「アマレットジンジャーで」

「いつものやつですね、了解っす」

店内には他にも二人アルバイトの子たちがいて、マスターともども慌ただしく立ち働いている。片や気まずそうな顔でお酒を作る凜くんを見ていると、何だか急に、申し訳なくなってきた。

ハズレくじを引いてしまった。仲良し五人組のうちなぜか一人でやってきた三十路女を接客することになってしまって、いったい何を話せばいいんだろう——そんな焦りで頭の中がいっぱいになっているのが、手に取るようにわかる。

この店には何度も来ているけれど、そういえば凜くんの姿をこうしてじっくり見るのは初めてかもしれない。すらりと身長が高くて、爽やかな顔立ち。片耳につけられたダイヤのピアスがよく似合っていて、流行りの男性アイドルみたい。イケメンといわれるのもうなずける。

「はいどうぞ、アマレットジンジャーです」

「ありがとう」

さっそくグラスに口をつけた矢先、

「あの、樹さん……」

と、凜くんが視線を泳がせた。

「何？」

「二ヵ月くらい前、美優さんと紫保さんと三人でここにいらしてたじゃないですか。そのときお話しされてたことが、少し聞こえちゃって」

ああ、と相槌を打ちながらわたしはグラスを傾ける。

「そのあとで俺、どうしても気になって、よくないとは思いつつもネットニュースを調べちゃったんです。あの、傷害事件の」

口ごもる凛くん。彼が言わんとしていることはだいたいわかった。

そりゃあ当然、気になるわよね。あのときわたしたちはかなり物々しい雰囲気を漂わせていただろうから。美優と紫保は注意しても声を潜めることを忘れがちだったし、会話の端々はあの場にいたお客さんたち全員にも聞こえていただろう。

もはや隠す必要もないと思ってわたしはうなずいた。

「うん。あれは双葉のこと」

「やっぱ、そうでしたか」

「小野寺マスターも知ってるのかな」

「はい、俺が記事を見せたんで。見せるべきかどうか迷ったんですが、マスターも皆さんの様子を気にしてましたから」

それでさっきからずっとわたしの方を気遣わしげに確認してるのね。ただ他のお客さんの対応で忙しいらしく、マスターがこちらにやってくることはなかった。

聞けば凛くんは紫保の一件も知っているそうだ。いつだったか紫保がインフルエンサーをしているという話を彼にして、半ば強引にインスタグラムをフォローさせていたから、嫌でも炎上騒動が目に入ってしまったんだろう。

「双葉さんと紫保さんがそんなことになって、しかも、仁実さんと美優さんまで店にいらっしゃらなくなって……」

もの問いたげではあったものの、凛くんはそれ以上深く聞こうとはしなかった。聞いてはいけないと判断したらしい。

「でも、樹さんはお元気そうでよかったです。あっ、いやすいません、お友だちがそんなことになってお元気じゃないかもしれないですけど、何ていうか」

あたふた言葉に迷っている様子がおかしくて、わたしはつい笑った。

「やだもう、そんなに気を遣わなくていいんだよ。一人でもわたしは大丈夫。まあ、他の四人に関しては、とてもお元気って状況じゃないけどね」

ましてそのうちの一人は、すでにこの世にいないのだし。

杏仁豆腐《あんにんどうふ》に似たアマレットジンジャーの甘みと香りを味わっていると、不意に、胸の辺りがそわそわとしてきた。最近は色んなことがありすぎてゆっくりお酒を飲むこともしていなかったから、一杯目でもうほろ酔い気分になっているのかもしれない。

誰かと話したい。利害関係も何もない誰かと。つらつらと、思いの丈を聞いてほしい。そう思って今日ここへ来た。その点、凛くんはちょうどいい話し相手だった。

「凜くんてさ、歳いくつ?」

「えっ?」急な質問に凜くんはぱちぱちと瞬きをする。「二十五ですけど」

「そっか。じゃあわたしと同じゆとり世代だ」

「あー、ありますよね、そんな呼び方。俺らはさとり世代とも呼ばれてますよ」

「ゆとりにせよ、さとりにせよ、結局は若者を小馬鹿にするための呼称でしかないんだよね。わたしたちはバブル崩壊のあとに生まれたから景気がいい時代なんてちっとも知らないのに、ハチャメチャやっていい思いを味わった上の世代は、わたしたちを押さえつけてばかりでさ。ゆとり教育をするのだって当時の大人が決めたことなのに、いざ成長したわたしたちを見たら、使えない奴ばっかりだ、って嘆くわけでしょ。ほんと勝手だよね」

「確かに、そう思うと何かムカつきますよね」

うんうんと凜くんはうなずいていた。

「上からは根性なしだって散々どやされて、いっぱい謝らされて、下の……Z世代っていうのかな、無気力な子たちとはまともなコミュニケーションすら取りにくくて。もしかしたらわたしたちの世代が、一番生きづらい世代なのかもしれないよね。特にアラサーは逡巡《しゅんじゅん》することだらけだし」

「そうなんですか?」

「アラサーはみんな人生の迷子だよ。周りと比較して自分の立ち位置みたいなものが、否応なく見えてくる年齢だからね」

結婚するべき？　子どもを産むべき？　もっとキャリアを積むべき？　自分はこの生活に本当に満足しているんだろうか。自分の人生、このまま進み続けていいんだろうか。違う道を選ぶなら三十路の今しかないかもしれない、けど……という具合に人生の分かれ道がたくさんあって、そのたび立ち止まって考えることを強いられる。周りの人間が進む道を見て、自分も同じ道を行くべきだろうかと迷う。

「凜くんもそのうちわかるよ、きっと。わたしたちの生きづらさがね」

「うっ。何かそう言われると怖いっすね」

顔をしかめながらも彼は笑った。

アルコールが心地よくて、舌がいつもより軽快にまわる。凜くんが出してくれたドライフルーツをつまみながら、わたしは自ずと、いなくなった四人を胸に思い起こしていた。

「実はね、この店で女子会やってる姿からは想像できなかったかもしれないけど、今日ここにいない四人も生きづらい子たちだったんだ」

「皆さんそれぞれに悩みがあった、ってことですか？」

「そう。仁実は繊細さんで、双葉はバリキャリと呼ばれることにアンビバレントな感情を抱いていて、美優は専業主婦であることに劣等感を覚えてた。紫保に関しては……あの炎上を見ればわかるよね」

「でも、どうしてその悩みが生きづらさに繋がるんですかね」

意外だった。そんな風に返されるとは思わなかったから。

食い入るように見つめれば、わたしの機嫌を損ねたとでも思ったのだろう、彼はぶんぶんと両手を振った。

「すいません、皆さんの悩みを否定するつもりはもちろんないんです。ただ、世の中には同じ境遇の人がたくさんいるわけじゃないですか。たとえばバリキャリの女性だってたくさんいるけど、たぶん、みんながみんな生きづらいと感じてるわけじゃないでしょう？　その違いは何だろうなって、ちょっと疑問に思って」

ふうん。軽い印象しかなかったけどこの子、なかなか鋭いところがあるじゃない。

わたしはボトルの陳列を眺めながら、凜くんの問いを考えてみる。

同じ境遇にいる人たちの中には、生きづらいと思う人と、そうでない人がいる。両者の違いはいったい何なのか——ひょっとしたらその答えには、「生きやすくなるヒント」が隠れているかもしれない。

そう思い至ると同時に、わたしの中の分析意欲がくすぐられた。

「……わたしの考えじゃ、あの四人にも改善すべき点があったと思うの。その欠点が、生きづらさを感じてしまう一因になっていたというか。

仁実は、自分に高望みをしすぎてた。もっと世の中の役に立てるはず、もっと面白いことを言って周りを楽しませられるはず、このままじゃ駄目だ、ってね。そうやって自分で自分の首を絞めちゃってた。平凡であることを、あの子はいけないことだと思ってたんじゃないかな。心穏やかに過ごせているなら、別に平凡でもいいのにね。あの子はあの子のままでよかったのに。

双葉は、学生の頃から何でもそつなくできるタイプだったからなあ。いかんせん能力が高いばっかりに色んな頼み事をされちゃって、それを全部引き受けて。でもね、そういう人って、反対に誰かに頼るってことができなくなっちゃうみたい。頼るっていうのも大事な能力なんだけどね。頼らないから苦しくなる。それに気づくべきだった。

ああ、そう考えると美優は昔から甘えん坊だったなあ。厳しめに言うなら面倒くさがりで他力本願。ただそのくせ、肝心なことに限って周りにSOSを出さない子だった。もしかしたら、本当に弱い部分は人に見せちゃいけない、って思っていたのかも。人に頼れる強さを持ってなかったたって点では、美優も双葉と同じだったのかな。

凜くんは紫保の裏アカを見た？　あれを見る限り、あの子はああいう秘密の場所でしか自我を解放できなかったんだろうね。美人で堂々としてるように見えて、根は案外と小心者だったから。世間から理想とされる自分を維持するために、負の自分を押し殺す。それじゃいつかひずみが生まれるのも当たり前よね」

わたしが語る間、凜くんはずっと真剣な面持ちを崩さなかった。

「うーん、すごいな。樹さんはよく人を見てるんですね」

仕事柄ね、とわたしは苦笑する。

「創作者の性《さが》っていうのかな、自分でも無意識のうちに人を分析しちゃうの。漫画家は人間を描くのが仕事だから。それで疲れて嫌気が差すこともしょっちゅうだけど」

「じゃあ、皆さんはどうすれば生きやすくなったんだと思います？」

話すうちに、わたしは一つの「答え」を見つけていた。

仁実、双葉、美優、紫保。四人の共通点と、生きやすくなるヒントを。

「みんなもっと、自分の感情をさらけ出せばよかったんだよ。言い換えるなら、もっとわがままになればよかった」

いい人でいなくちゃいけない。

周りが期待する自分でいなくちゃいけない。

世間の「普通」に合わせなくちゃいけない。

そう信じこんで必要以上に我慢し続けるから、煮詰まって、苦しくなって、ふとした拍子にすべてが瓦解してしまう。

「今の世の中、特にこの国の人間は我慢することを美徳とする向きがあるよね。思うことがあっても静かにじっと耐えるのが正解だ、ってさ」

「確かに、何やってもどうせ無駄だろうって雰囲気もあるかも」

「けれど我慢するってことは、心を殺すことと一緒でしょう？　そうじゃなくて、自分自身の心の声にちゃんと耳を傾けて、自分が本当に言いたいこと、やりたいことに忠実であるべきだと思うんだ。周りの声なんて参考程度に聞いておけばそれで充分。だって誰かのために我慢しても、その誰かがわたしたちの人生に責任を持ってくれるわけじゃないもの。そもそもこんな生きづらい世の中になったのは他でもない社会のせいなんだから、人の道さえ外れなければ、みんなもっと自分勝手になってもいいんだよ。愛に乏しい世の中だからこそ、せめて自分のことは思いきり愛してあげなくちゃ」

葵のことだってそうだ。

仁実たち四人は、自分に正直であるべきだった。レズビアンであることを明かされて戸惑い、どう接していいかわからなくなったなら、その気持ちを本人にありのまま伝えてみればよかった。伝えて、理解への足掛かりにすればよかった。そうすれば拒絶されたなんてことを葵も思わなかったはずだ。あの四人が八年後に復讐されることだって、きっとなかっただろうに……。

でも、だからといって彼女たちが不幸に落とされていい理由は一つとしてない。好きか嫌いかは置いておいて、わたしはあの四人に恩があった。学生の頃から夢を応援してもらっていたし、彼女たちの話を聞いて漫画のアイデアを閃いたことだって数知れない。

だから、たとえ一人でも犯人捜しをやめるつもりはなかった。うまくいけば新しい漫画のネタにもなりそうだし。

「そうだ凜くん、ちょっと変なこと聞くようだけど」

「はい?」

「ここ半年あたりで、お店に不審者が来たことってあった?」

「ふ、不審者、ですか?」

オウム返しに言うと凜くんは眉根を寄せた。

今のはこちらの表現が悪かった。犯人ならわたしたちがよく通っていたこのカフェバーにも訪れているかもしれない。そう思いついたはいいけれど、傍目にわかりやすい「不審者」であるはずがない。これまで何の気配もなく四人を陥れてきた人間が、あからさまに怪しい言動をするとも考えにくい。

「たとえば、そうね、関係者でもないのにわたしたちの中の誰かについて尋ねたり、探ろうとしてきたり。そんな人は見なかったかな」

「ああ……」

何やら心当たりがあるらしく、凜くんは天井へと視線を上げた。

「探るといえば、あの炎上騒ぎが起こる直前、紫保さんのことをやけにしつこく聞きたがるお客さんがいました」

「本当？」

やっぱりそうだったんだ。犯人は、この店に来ていた。

「紫保さんは有名人だからファンの方かなと思ったんですけど、どうも様子が違っていて。もちろんお客さんに関することは何も喋ってませんよ。その人もそれきり見てないですし。ただ俺もアルバイトなんで、シフトに入ってないときにまた来ていた可能性はありますが」

「それって、女？」

「えっ、はい。女性の方でした」

当たりだ。

その女こそが、一連の事件の真犯人。そして、葵の恋人――。

「凜くん、もうそろそろじゃない？」

と、キッチンの方からマスターが声をかけてきた。凜くんはぱっと店の時計を見やる。

「すいません樹さん。俺、今日はもう上がりの時間で」

「そっか。うん、長々とありがとうね」

もっと詳しい情報を聞きたかったけれど、仕方がない。また後日にしようと思っていたら、

「今言ったお客さんのことですけど」

腰エプロンを外しながら凜くんは続けた。

「その人、帰り際に名刺を渡してきたんですよ。今は持ってきてないんですけど、確か家のどこかにしまった覚えが。よかったら取りにいらっしゃいます？」

「取りにって、今から？」

「ええ、ここから近いんでもしよければ……って、そりゃまずいか。女性を男の家にいきなり呼ぶのは失礼ですもんね」

「じゃあ探してくれてる間、わたしは外で待ってる。それならどうかな？」

「は、はい、樹さんがいいならもちろん」

よほど気を遣っていたらしく、凜くんはそのあとも最寄りの駅まで送っていこうと申し出てくれた。女性が夜ひとりで出歩くのは危ないからと。

そこまでしてもらうのはさすがに悪いと思ったものの、彼の言うとおりもう夜も遅いから、

今回だけは甘えさせてもらうことにした。

「わっ。やっぱり夜はまだ冷えるねー」

外に出た途端、寒々とした空気がわたしたち二人を包みこんだ。飲み会帰りのサラリーマンたちが行き交う通りを、流れに逆らうようにして歩きだす。

「俺の住んでるとこ、ここから十分弱くらいなんで。ちょっと歩きますが」

横に並んで立ってみると、凜くんは本当に背が高い。ぐんと首をそらす格好になりながら、わたしは「平気だよ」と笑ってみせた。

「むしろごめんね、急に寄らせてもらうことになっちゃって」

「いえいえ」

「そういえば凜くん、他にお仕事とかしてるの？　それとも学校に通ってるとか？」

「俺、高校出てからずっとフリーターなんですよ。だから定職には就いてないですけど、そのぶん色んな仕事を経験してきました」

「へえ、たとえばどんな？」

興味本位で尋ねると、凜くんは指を折りながら教えてくれた。

「引っ越しのバイトから、キャバクラの黒服まで色々っす。基本は給料がいい仕事を選ぶようにしてて。最近でいうとガス会社の事務とかオフィスビルの清掃とか、あとはホテルのウェイターとか……」

そのとき、電話の着信音が鳴った。

スマホを取り出してみる。知らない番号からだ。

「誰だろう？　ちょっとごめんね、凜くん」

「どうぞ、お気になさらず」

彼に片手を上げつつ、わたしはスマホを耳に当てた。

「……はい」

『もしもし、樹さんの携帯で間違いないですか？』

この声、聞き覚えがある。

「百合香さん？」

『そうです、先日はどうも。今、話しても大丈夫ですか？』

わたしはちらっと凜くんを見やって、「はい」と答えた。

一方で凜くんはちょいちょいと横道を指し示す。どうやらここで左に曲がるらしい。

『夜分にごめんなさいね。この前公園で話したことなんですけど』

「あれから何かわかった？」

『はい、今ちょうど実家に戻ってきてるんです。それで例の芳名帳を探していたら、そのうち段々と当時のことが思い出されてきて。お姉ちゃんのお通夜に気になる人がいたって話したでしょう？　あれ、高校生くらいの男の子だったんですけど』

えっ、と思った。

「男の子？」

見当をつけていたのは、女だったのに。

『どうかしましたか？』

「う、ううん。それで？」

『その子、お姉ちゃんがボランティアで通ってた児童養護施設の子じゃないかと思うんです。芳名帳の住所欄にも施設の住所が書いてありましたから、間違いないかと。ボランティアのことは樹さんもご存知でしたか？』

確かに聞いていた。

講義もゼミもサークルも一緒で何でも伝えあっていたわたしと葵が、唯一、共有していなかった時間。子どもたちのプライバシーに関わるからと、葵が頑なに口をつぐんでいた、わたしが知らない葵の時間。

『彼、たった一人でお通夜に来て、焼香するでもなくお姉ちゃんの遺影を睨むように見ていて。不思議に思って声をかけようとしたら、そのまま帰っていっちゃったんですよ』

「その子の名前、教えてもらってもいい？」

そう尋ねたとき、急に凜くんが立ち止まった。

いつしかわたしたち二人は、人気《ひとけ》のない裏路地に来ていた。わたしたち以外、誰もいない。

明かりが一気に減って、暗い。

『ええ大丈夫ですよ。芳名帳も今ここに。えっと、ちょっと待ってくださいね……』

「あのさ、樹さん。樹さんも、生きづらいと思ってる？」

どうしたというんだろう。凜くんはその場から動こうとしない。

『あれっ、樹さん？　もしもーし』

「ごめんね百合香さん、ちゃんと聞いてるよ」

出し抜けな質問に戸惑いつつも、わたしは凜くんに向かってうなずいた。

電話の向こうで百合香さんが言葉を継ぐ。

『あ、あったあった。その男の子の名前は――』

「そっか。じゃあ俺が、終わらせてあげるよ」

瞬間、バチチ、と耳障りな音がした。見れば凜くんの手には、黒いスタンガン。

「――え？」

街灯に照らされて、凜くんの片耳にあるピアスが、きらりと光った。

4

「嫌ああああああ‼」

寒い。体中が凍ってしまいそう。頭がガンガンと疼《うず》いている。誰かの叫ぶ声が、鼓膜を鋭く突いてきて、うっとうしい。

わたしはゆっくりと両目を開けた。

けれど辺りはほとんど真っ暗で、何も見えない。

「やめて、ここから出して！　ねえってば!!」

「あ。樹さんも起きた？」

覚束《おぼつか》ない意識の中で目を凝らす。

正面には、凜くんが立っていた。というより、まるで巨人のように立ちはだかっていた。おぼろ月を背に立つ彼は、どうやらわたしに微笑みかけているらしかった。

ここは、どこ？　月が見えるから外か。

寒い。体がこわばっている。土の臭いがいやにきつい。

変な夢だ。何だかわたしだけが、ちっぽけな小人になってしまったみたい。そう思って視線をめぐらせたとき、

「仁実……!?」

一瞬で目が醒《さ》めた。

隣で叫び続けていたのは、行方不明になっていたはずの仁実だった。

何で、この状況は何!?　ここはどこなの？　どうして体が動かせないの？　と、そこではたと気づいた。

わたしも、仁実も、土の中に埋められていた。

立ったままの状態で、首だけを地上に出して。

「首から下、全然動かせないでしょ」

凜くんが、わたしを見下ろしながら事もなげに言った。

「二人ぶんの穴掘るのにすごい時間がかかってさ。途中で起きられたら面倒だと思って、スタンガンで気絶させたあと睡眠薬もかがせちゃったんだ。だからまだ頭がぼんやりしてるかも。ごめんね」

「……なん、で」

「樹、まともに会話しちゃ駄目！　こいつ頭おかしいのよ！」

何なのこれ。何？　現実、じゃないよね？

こんなのが、現実なわけない、よね？

「ひどい言い草だね仁実さん。そりゃ山小屋に拉致してきたのは悪かったけどさ、ちゃんとお世話もしてあげたでしょ？　ご飯も服もきちんと用意して、冬場も凍死しないように暖房まで持ってきて」

「どの口が言うのよ！　わたしを四ヵ月も監禁しといて！」

「ああそっか、韓国に行きたかったんだもんね。チケットまで取ってあったのに残念だったね。でもいいじゃん、しょせんは家出旅行だったんだろうし」

「何を――」

「金が尽きたら彼氏のところか、実家にでも帰ればいいやって思ってたんじゃないの？　就労ビザも取ってなければ、荷物だってせいぜい一週間ぶんくらいしか入れてなかった。逆に聞くけど、あの程度の準備で何しに行くつもりだったの？」

「そ、そんなのあんたに関係ない！」

仁実の怒声に、凜くんはひょいと肩をすくめた。

二人の会話を聞きながら、わたしだけが、状況を呑みこめないでいる。寒い。寒い。訳がわからない。誰か助けて。

動かせない体が、やけにむずむずする。

「樹さん、あんまりじたばたしない方がいいよ。虫が起きるから」

「む……」

ぞわりと総毛立った。

この感覚は、虫？　虫がわたしの体を這《は》いずりまわっているの？　嫌、気持ち悪い。何でこんなところにわたしが――。


――その男の子の名前は、五十嵐《いがらし》凜。


やっと思い出した。ここへ連れてこられる前にどこで何をしていたか。わたしは犯人を捜していて、〈ターコイズ〉から出て歩いていたときに電話がかかってきて、百合香さんからその名前を聞いた。

五十嵐凜。

目の前にいる、この青年。

「あなたが、そうだったの。凜くん、あなたが、犯人だったの……？」

「一緒に叫んで樹！　誰かが声を聞いて助けてくれるかもしれない！　ねえ早――」

ざく、と音がして仁実は声を引っこめた。

凜くんの右手には、大きなスコップが握られていた。わたしたちを埋めるために使ったスコップ。それが今、「静かに」と意思表示をするために使われた。

彼の声は穏やかだった。いつもと何ら変わらない声色で、

「そうだよ。俺があんたら五人を不幸に陥れた犯人。葵の復讐代行人だ」

にこ、と口角を上げている顔が、夜闇の中でもうっすら見えた。

喉が渇いてたまらない。寒い。怖い。

ここはどこなの。山の中であることは間違いなさそうだけど、どこの山かさっぱりわからない。いったい、何をどうしたらいいの？

絶句するわたしに対し、

「何か勘違いしてるみたいだから言っとくけど、俺は葵の恋人じゃないよ。じゃあどんな関係だって聞かれたら難しいけど、まあ……葵が俺にとって誰よりも大切な存在だったたってことだけは確かだね」

「あなた、児童養護施設にいたって」

「うん。葵はそこでボランティアをしてたんだ。一緒に夕飯を作ったり、勉強を見てくれたりして。葵自身も幼い頃に母親を亡くしてるから、似た境遇の子どもたちの力になりたいと思ったらしい。ただそれが詭弁《きべん》だってことくらい、俺は気づいてたんだ。葵がボランティアに志願

したのは、自分より不憫な子どもたちを助けることで、自尊心の低さをごまかそうとしたから。あとは、そう。言うなればネタ探しのため。ボランティアの経験を自分の夢に役立てようとしたんだろうね」

夢？　今、夢って言った？

まさかこの青年は、「葵の夢」を知っていたの……？

「何にせよ、そこを偽善とか不純とか言うつもりはないんだ。動機はどうあれ、葵はただひとり真剣に、まっすぐな目で俺と向きあってくれた。孤独だった俺の心を救ってくれた。何もかも失った俺にもう一度、光を与えてくれたんだ。それなのに葵は、自ら死を選んだ。それを知って俺は、また置いてきぼりにされた気分になったよ。家族が死んだときと、同じ気分に」

――ねえ凛、知ってる？　人の骨とか髪の毛はダイヤモンドにできるんだって。それって素敵なことだと思わない？　ああ、いいなあ……わたしもダイヤみたいに、誰に見られなくてもそこにあって、ただ静かに輝ける存在になりたいよ。

「生前、葵はそう語っていてさ。だからあいつが死んだあと、必死にバイトして金貯めて、施設の部屋に落ちてた葵の黒髪を、このピアスに変えた」

凛くんが身じろぐと、月明かりにダイヤが淡く光った。

わたしは何も、反応できない。

「……わかるよ。気色悪いって思ってるんでしょ？」

そりゃそうだよね、と彼は自嘲するように笑った。

「ただ、俺は葵の遺志を叶えてやりたかった。葵に、せめてもの恩返しをしたかったんだ。本当なら生きているときに恩返し、したかったんだけどね」

「じゃあこれも葵の遺志なの？　葵がわたしたちへの復讐を望んでいたっていうの⁉」

仁実が声を引きつらせる。しかし凜くんは首を振った。

「いいや。復讐代行といっても、別に葵本人の口から復讐を頼まれたわけじゃない。これはあくまでも俺の一存だ。葵は自殺したっていうのに、その葵の心を傷つけた奴らは、安穏と日々を過ごしている。それがどうしても許せなかったんだ」

「あなた一人、で」

「ん？」

言葉が喉でつっかえてしまう。わたしは唾を呑み下す。

「あなた一人で、全部やったの？　双葉も、美優も、紫保のことも？」

「もちろん。誰の手も借りてない」

と、凜くんは右手でスコップを持ち上げた。「よいしょ」と言いつつ肩にかける。それなりの重量であることは明らかだ。

「葵が死んでから今まで八年、けっこう大変だったんだよ？　五人の人間を監視し続けるのは。職を転々として、あの手この手であんたらのことを探ってきた。盗撮やら盗聴やら、違法なことも散々した。そうそう、仁実さんに彼氏ができたのはラッキーだったね。彼氏しかいないときにガスの点検を装って、家に隠しカメラを仕掛けられたから」

　仁実の声が揺れた。

「やだ、それでわたしたちのことを見てたの？　ずっと？　亮平と、わたしの……」

「さすがに寝室には仕掛けてないよ。そんな趣味ないから。あとは当然気づいてないと思うけど、あんたら五人、いつも〈ターコイズ〉に来るときは奥のソファ席に座ってたでしょ？」

　あのテーブルの裏にも盗聴器が仕掛けてあったのだと凜くんは言った。

　彼があそこで働いていたのは、そのためだった。

「おかげで美優さんが中絶をしたって内緒話までばっちり聞くことができた。小野寺マスターにはよくしてもらったから、心苦しかったんだけどね」

　そうしてわたしたちを陰から監視し続けた凜くんは、八年経って、ついに動き始めた。

「一番手間取ったのは双葉さんだったなあ」

　彼は倦《う》んだ声で自らの行いを振り返った。双葉が女性用風俗に通っていると突き止め、行為中の動画を隠し撮りしたこと。その後、清掃員として近づき会社にエアドロップ爆弾を放りこんだこと。もっとも試飲会で動画をばらまいたのは、彼じゃなかった。

「あのときウェイターとしてあの会場にいたけど、俺は双葉さんの様子をチェックするだけのつもりだったんだ」

　それなのによもや同じ爆弾が投下されようとは、彼自身も想定していなかった。

「たぶんあれ、会社の後輩じゃないかなあ。穂果って人、双葉さんに陰口叩かれて相当頭に来てたみたいだし。俺としては知ったことじゃないけど。身から出た錆《さび》ってやつだね」

復讐劇はそれだけに終わらない。

続けて彼は公園で遊んでいた煌斗くんに中絶の秘密を耳打ちし、間接的に美優を追い詰めた。さらには「ａｏｉ」のアカウント名で紫保を炎上させた。けれども、

「俺は最初から、あの三人には直接手を下さないって決めていてね。〝罪〟の重さを考えるとフェアじゃないって思ったから、最後どうなるかは天に委ねることにしたんだ。まあ結局、三人ともほんの少し手を加えただけで、勝手に自滅していったわけだけど」

「待って。なら、濱田さんに接触したのもあんただったの？」

数秒ほど、間があった。

やがて何かを思い出したらしく、「ああ」と声が洩れ聞こえた。

「濱田さんって、仁実さんのバイトの同僚だっけ？　あのカフェにも隠しカメラを仕掛けられないかなと思って何度か通ってたら、自然にあの人と仲良くなってさ」

「嘘つかないで！　わざと濱田さんに近づいて韓国の話を吹きこんだんでしょ？　わたしの心をもてあそぶために！」

「いやいや、本当にそんなんじゃないってば。韓国のことを色々話してたのだって別に意図があったわけじゃ……て、そっか、なるほど」

得心がいったように彼はうなずく。

「仁実さん、それで韓国に行こうと思い立ったんだね？　濱田さんの影響で？　要するに俺自身も知らず知らずのうちに影響を与えちゃってたってわけだ。いやあ、それはさすがに計算外だったなあ」

ははは——と凜くんは無邪気な声で笑った。

山の中に笑い声が響く。月を背に、表情の見えない巨人がひとり、笑っている。その様があまりにも不気味で、仁実も、わたしも、閉口した。

「ごめんごめん。意外すぎる事実だったもんだから、ついおかしくなっちゃって」

ひとしきり笑うと凜くんは息を吐いた。

「短絡的なところがある人だとは思ってたけど、そんな理由で家出を決心するとはね。いきなり大きいスーツケースに荷造りしだすのを見たときなんて本気で焦ったんだから。念のため監禁場所を用意してたからよかったものの、おかげで仁実さんと樹さんを最後同時に拉致する計画も狂っちゃって。いずれにせよ、海外になんて行かせるはずないじゃん？」

「何で……」

「決まってるだろ。あんたら二人は、俺が、この手で地獄に堕としてやらなきゃ気が済まない」

「ふざけるな！　何で、わたしが何したっていうの!!」

声を嗄《か》らして叫ぶ仁実。たぶん、四ヵ月もの間監禁されて混乱しているんだろう。でなきゃ大人しい性格の仁実が、こんなに口汚く怒鳴るなんてありえないもの。

そうわかっていても、わたしには、その叫び声すらも恐ろしかった。

「だいたい、さっきから聞いてりゃ何なのよ〝罪〟って！　誰かに裁かれなきゃいけないような罪をわたしが犯したとでも⁉」

「ふうん。自分の罪が自分でわからない？」

「わからないも何も、わたしは悪いことなんて何もしてない‼」

「本当に？」

凜くんは小首を傾げたまま次の言葉を待っていた。

そのうち、これ以上は何も出てこないと悟ったらしく、

「なら教えてあげるよ。仁実さん、あんた八年前、葵のことを陰でこう言ったんだよね」


――ねえ、どうする？　葵に好かれちゃってたら。

――レズってことはさ、つまりこの五人もそういう対象ってことだよね。もし葵にガチの告白されたらやばくない？　わたし、顔引きつっちゃうかも。


「え……」

驚きのあまり、舌が凍りついた。

当時の情景は今でもありありと思い出せる。

そう、あれは、葵が死ぬ前日のこと。

彼女が飲み物を買ってくると言って映画研究会の部室を出たあと、仁実が発した言葉がそれ

だった。今も言い知れぬ不快感とともにわたしの脳裏にこびりついている言葉。けれど、凜くんの口から聞くなんて想像だにしていなかった。

なぜならあの発言は、わたしたち五人しか知らないはずだったから。

「……凜くん、それ、葵から聞いたの？」

わたしの問いかけに彼はうなずいた。

「誰が何をどんな風に言ったか、細かいところまで全部。葵は、あんたら五人が自分をどんな風に見てるのか知りたがってた。レズビアンだってカミングアウトをしたあと、本当のところみんなはどう思ってるんだろうと気が気じゃなかったんだろうね。それで飲み物を買いに行くと言って、しばらく部室のドアの向こうに立ってたらしい。つまり葵は、そのとき、すぐそこで仁実さんの発言を聞いてたんだよ」

まさかと思った。

わたしもその場にいたけど、まさか葵が、あれを聞いていたなんて。

葵が部室から出ていったあのとき、わたしたち五人の間には重苦しい沈黙が流れていた。互いの腹を探りあうような、責任を押しつけあうような沈黙。わたしは他の四人の様子を静観していた。みんな葵について言いたいことがあっても、自分から発言するのはためらわれて、誰かが先に口を開いてくれればいいのにとでも考えていたんだろう。

やがて沈黙に耐えきれなくなった仁実が、ああして茶化すような発言をした。あれだけでも相当ぎょっとしたものだけど、わたしを驚かせたのは仁実だけじゃなかった。

唐突なジョークを受けた双葉と美優、紫保が、弾けたように笑いだしたのだ。

——やだあ仁実、おっかしいの！

——無理無理、女同士なんて考えらんないもん。

——ぶっちゃけ困るよねえ。レズとかいきなり言われてもさ。


爆笑だった。

ドン引きするくらいの。

あの四人にとっては単なる冗談でも、当事者の葵にしてみれば違うはず。第一、自分たちが葵から恋愛感情を持たれているかもしれないと考えるなんて驕《おご》り以外の何物でもない。そう思ってわたしは、とてもじゃないけど笑えなかった。あの一件があったからこそ、仁実たち四人とは精神的に一線を引くようになった。

ああ、そうか。そういうことだったんだ。

だから葵は、自殺しちゃったんだ。

百合香さんは「気持ち悪い」と葵に言ってしまった。それを聞いて葵がショックを受けたであろうことは想像に難くない。けれど幼い頃から一緒に過ごした実の妹の発言と、たかだか四年ほどの付き合いである友人の発言とでは、ショックの度合いも変わってくる。まして面と向かって言葉をぶつけられるのと陰で嘲笑されるのとでは、心にもたらされるダメージは、時として後者の方が深刻だ。
「泣いてたよ、葵。……笑いながら、泣いてた」
そう語る凜くんの声からは、抑揚が失われていた。

――実はね、みんなにカミングアウト、しようと思うんだ。

「ひどい話だよな。なけなしの勇気を奮い立たせて、やっとの思いで秘密を打ち明けたら、そんな風に笑われてさ。きっと自分の存在そのものを否定された気になっただろうよ。それでも葵は、あんたらへの恨み言を言わなかった」

――仕方ないんだよね、きっと。今まで友だちだと思ってた同性が、もしかしたらそういう目で自分を見てたかもしれない。そうわかったら、困って当然だもんね。

「俺は、ほとんど何も言ってやれなかった。泣くなよとか、葵が悪いんじゃないとか、そんなありきたりな言葉しか出てこなくて」

――ありがとう、凜。励ましてくれて。凜はわたしなんかよりずっとずっと辛い思いをしてきたのに、わたし、これくらいで泣いちゃって、年上なのに情けないよね。ごめんね……。

――傷つくことから逃げたって、苦しみが消えるわけじゃない。そう思ってカミングアウトしたけど、ああ、こんな気持ちになるくらいなら、言わなきゃよかったなあ。秘密を隠したまの方がよっぽどよかったかもしれない。何で、わたしはこうなんだろう。

「どうして〝普通〟になれないんだろう――そう言っていた次の日、葵は死んだ」

束の間、奇妙なくらいの静けさが満ちた。

息をするのも憚られるくらいの、重く、冷え冷えとした沈黙だった。

「……あれは」

沈黙を破ったのは、しばらく口を閉ざしていた仁実だった。

「あれは、違うの。葵に好かれちゃってたら、って、確かに言ったことは認めるけど、そんなつもりで言ったんじゃない」

「そんなつもりって？」

「葵を傷つけようとしたんじゃない！」

ようやく暗闇に目が慣れてきた。わたしは隣に埋められている仁実へと目を凝らす。

彼女の顔には、焦りと、かすかな苛立ちが交錯していた。……苛立ち？

「わたしのことを見てきたんならわかるでしょ⁉　わたしは〝繊細さん〟なの、他人に気を遣いすぎちゃうの！　だからあのときもみんなが困ってると思って、重たい空気を何とか変えなきゃと思って、だからあんなことを言っちゃったの。ただそれだけなのよ！」

「あっそう。仁実さんが繊細さんだなんて笑っちゃうけど」

「は?」

「そうやって自分をラベリングして、ああ何てかわいそうなわたし、って思っては自己陶酔してたんでしょ? オナニーみたいにさ。でも、あんたは違う。本当の繊細さんっていうのは自己肯定感が低くて、自分に期待できない人のことをいうんだ」

凜くんの言葉に、はっとした。

わたし、さっき〈ターコイズ〉で何て言った?

仁実は、自分に高望みをしすぎてた——そうだ。それって、よく考えたら真逆じゃない。

「当ててあげようか? 自分なんて社会に必要ない存在だと嘆いてはいても、あんたは腹の底じゃ自分こそが選ばれた人間、特別な何かになれる存在だと考えてるんだ。つまりは自己肯定感が低いわけでも他人を気遣ってるわけでもなくて、ただ自分をよく見せたいだけ。虚栄心の塊といってもいい。そんな人が繊細さんを自称するなんて、図々しいとは思わない?」

「あんたに何が——」

「他人を気遣うのが得意だっていうなら、ぜひ葵の心を気遣ってやってほしかったね」

「……ッ!」

ぎり、と歯ぎしりの音が聞こえた。

「葵だって何も、レズビアンである自分を丸ごと受け入れてほしいとは思ってなかった。あんたからひと言〝そうなんだ〟と、その程度の理解さえ得られればそれでよかったんだ。もっとも、俺は葵にも多少の非があったと考えていてね。ほんの少しの理解でいいと口では言いながら、その実、本音ではもっと深い理解を求めてただろうから」

変えられるものを変える勇気を——ふと凜くんは、アメリカの神学者の言葉をつぶやいた。

「葵は、見誤ったんだ。いったいどれが〝変えられるもの〟なのかを。自分の心は変えられても、他人の心は変えられない。それをわかっていなかったんだ」

そうして彼女は、カミングアウトさえすれば友だちからも本当の意味で自分を理解してもらえるかもしれないと、淡い期待を抱いてしまった。しかしその期待は最悪の形で裏切られた。

「なのに葵は、闘おうとすらしなかった。笑った奴らなんかぶん殴ってやればよかったのに。どういう了見だったら人のアイデンティティーを笑えるんだって、ぶちギレてやってもよかったんじゃないか？　でも、あいつにはできなかった。俺はわかってたんだ。施設にいるときは頼れるお姉さんであろうと気張ってたけど、外での葵はそれこそ繊細さんで、自分に自信が持てないんだって。葵は……弱い女だったから」

するとわたしの隣から、笑い声が上がった。

おもねるような笑い声が。

「そ、そうよね？　葵にだって悪いところがあったのよね？　そう思うならもう、お互い様ってことでいいじゃない。こんなことしたってあなたのためにならないよ。八年も前のことを今さら蒸し返して復讐なんて、葵も望んでないだろうし、ね？」

……これ、誰？　本当に仁実？

「お互い様」とか「今さら」とか、あなたが言うの？　さっきから何となく違和感を覚えていたけど、こんな自分本位すぎること、わたしの知ってる仁実は言わない。言わないと、思いたい。

監禁されていたから？

それで気が動転しているからなの？

「今さらじゃないよ。今だからこそだ」

一方で凜くんは、仁実の言葉に何ら動じていなかった。

「去年の十二月、〈ターコイズ〉で仁実さんの誕生日祝いをしてたよね？　そこで昔話をしていたとき、紫保さんの口から突然、葵の名前が飛び出した」

――サークルのみんなで式根島に行ったとき、先輩ってば岩場のフナムシ見てとんでもない悲鳴上げてて。

――あはは、あったねーそんなこと。

――それで何を思ったか先輩、すぐそばにいた葵に抱きついちゃっ、てさ……。

「俺はあの瞬間をずっと待ってたんだ。あんたらの中で、葵の話題が出る瞬間を。一気に緊張したよ。果たして全員、どんな反応をするんだろうってね」

覚えている。

紫保が葵の名前を口にした瞬間、たちどころに空気がひりついて、わたしたちの間にはまたしても互いを探るような沈黙が流れた。

「あのとき仁実さん、何て言ったか自分で覚えてる？　また冗談めかした口調で〝こんな話はやめにしよ〟って言ったよね？」

そう。仁実はさらに、「あの子のことを今さらあれこれ考えたってどうしようもない」「気が滅入るだけ」とも言っていた。そして他の子たちは、これ幸いとばかり仁実に同調した。

「あのやり取りを聞いて心底がっかりしたよ。一説によると人間の脳は〝被害の記憶〟は重視するくせに、〝加害の記憶〟は軽視してしまうんだってさ。仁実さんたちも同じだよね。もし、少しでも葵を悼む態度が見られたなら、復讐はしないでおこう。そう決めてたのに」

違う！　と仁実の叫びが耳をつんざいた。

「あんなの、言葉のあやじゃない！　みんなが暗い顔をしてたから、またわたし、居ても立ってもいられなくなって、空気を変えなきゃと思って――」

「あの瞬間、復讐を決意すると同時に、俺の中で一つ疑念が湧き上がってきたんだ」

凜くんは仁実を無視して続ける。

彼の声は静かだった。ひんやりとした雪原のような静けさ。けれどその奥には火山のごとく燃えたぎる憤怒《ふんぬ》が宿っているように、わたしには聞こえた。

「あんたの日々の言動を振り返ってみるうち、疑念は確信に変わったよ。……仁実さん。あんた、八年前、ドアの向こうで葵が聞いているとわかってたんだろ？　わかっていいながら、葵を辱《はずかし》める発言をしたんだろ？」

　ひゅっ、と仁実が息を呑んだ。

「……えっ？　え……？」

　片やわたしは、言葉の真意をつかめなかった。

　それはさすがに、凛くんの誤解。

　だって、そんなの信じられない。ありえないもの。

「わかっていながら、って……？　本人がそこにいると知っていて、あんな発言を？　まさか。それは絶対ない。だってそれじゃまるで、わ、ざ、と、葵に聞かせようとしたみたいじゃない。ねえ仁実、違うでしょ？　違うって言わなきゃ駄目よ。ほら、ちゃんと誤解を解かなきゃ」

　けれど仁実は黙っていた。

　唇を噛みしめ、眉尻を吊り上げ、凛くんの靴をじっと見るだけだ。

「分析マニアの樹さんでも気づかなかった？　でも俺には、仁実さんの思考が読めてるよ」

　彼の言い分はこうだ。

　仁実は気弱で平凡な自分に強烈な劣等感を抱いていた。そんな中で葵だけはただひとり、自分と「一緒」だと感じていた。仁実の目から見れば葵も気弱で、目立った特徴ひとつないように映っていただろうから。

　しかし、自分と同じく平々凡々とした人間であるはずの葵は、実はレズビアンだった。

「葵は、言わば〝多様性〟という言葉を体現する女だった。特別な個性を持つ人間だった。それを知って仁実さん、ショックだったんじゃない？　葵に裏切られた気持ちになって、いよいよ劣等感がゆがんでいった。さっき葵を傷つけようとしたんじゃないって言ったけど、それは嘘だね。あんたは明確な悪意をもって葵を辱めたんだ」

「……だって」

と、うなるが早いか、

「だってしょうがないじゃない！　わたしだって特別な何かになりたかったのに、なれなかったんだもん！」

ギッと凜くんを睨み上げる仁実。逆上する彼女の面持ちを見た途端、わたしの全身から、ゆるゆると力が抜けた。

……そうだったんだ。知らなかった。

これが、「本当の仁実」だったんだ。

「どうしてわたしが！」

金切り声が、空気を震わせる。

「ちょっと意地悪しただけで、まさかあれで自殺するなんて普通思わないじゃない！　それなのに何でわたしが罪人扱いされなきゃいけないのよ！　かわいそうなのはわたしの方なのに。今までたくさん我慢しても何ひとつ報われなくて、いつだって不幸で生きづらくて――」

「黙れ。あんたら全員、生きづらい、生きづらいっていい加減うるさいんだよ。それは少なくともあんたらが口にしていい言葉じゃない」

「どうして⁉　あんたにそんなこと言われる筋合いない‼　そもそも悪いのは葵よ！　出会った頃からレズビアンだって言っておけばよかったのに、もったいぶって黙ってて。あの子だけは同じだと思ってたわたしが馬鹿みたいじゃない！　しかも笑われた次の日に死ぬなんて、何なのよ、当てつけ？　だいたいあれくらいのことで自殺する方がおかし——」

びゅん、と風を切る音がした。

重たいスコップが振り下ろされる音。

骨が、割れる音。

つぶれた悲鳴が辺り一帯にこだまする。びちゃ、とわたしの頬に、生温かな雫《しずく》が飛び散ってきた。少し鉄くさい、血の臭い。

生き物は、恐怖に直面すると、戦うか逃げるか、あるいは固まる。土に埋められたわたしには戦うことも逃げることもできないけれど、たとえ体が自由であったとしても、固まることしかできなかっただろう。ただ目を見開いて、呼吸を止めて、今まさに繰り広げられている惨状を、見ていることしか。

凜くんは何度も、何度もスコップを振り下ろしていた。その姿からは感情の色が見てとれない。ただひたすらに、あたかも土に杭を打ちこむかのように、無言でスコップを振り上げては、また下ろす。

「…………ふう」

そうして、静寂がやってきた。

芯まで凍るほどの静寂が。

「俺たちは、同士だ。そう思わない？　樹さん」

わたしと同じくらい血を全身に浴びた凜くんは、スコップを支えに立ちながら、夜空を仰いでいた。

「俺も樹さんも、少なからず葵に助けられていた。そして、葵の苦しみを知っていた」

言葉が、出てこない。

仁実はもう、何も言わない。横目にただびくん、びくんと痙攣《けいれん》しているだけ。

「葵の近くにいて、葵に信頼されて。それなのに俺たち二人は、あいつを助けてやれなかった。だから同士なんだよ」

問わず語りをしていた凜くんが、ふと、こちらに視線を下ろす。

「だけど俺たちには決定的な違いがある。俺は復讐者になった。そして樹さんは、復讐される側になった」

何か、言わなきゃ。

そう思うのに、歯の根が合わない。喉の震えが、止まらない。

「確かに、わたしは、葵の身近にいた。でも、あなたのように、復讐をしようとは考えなかった。それが、悪いことなの……？」

やっとのことで言うと、凜くんはゆっくり首を横に振った。

「ううん、違うよ。樹さんが俺と同じ道を辿らなかったからといって、責めるつもりなんかさらさらない。ただ……」

赤い光が差しこんできたのは、そのときだった。

凜くんは無表情にその光を目で追い、

「時間切れだ」

と、ささやくように言った。

「ねえ樹さん、心当たりはあるでしょ？　何で自分が復讐の対象になったのか。葵は、樹さんを親友だと思ったまま死んでいったよ。他の四人と違ってあんただけは葵を笑わなかったから。そう、あんたは何も、悪いことなんかしていない。葵の生前は、ね」

ぐにゃりと視界がゆがんだ。やっぱり彼は知っていた。わたしの「罪」を。わたしが葵の死後に何をしたかを。

次の瞬間、ふたたびスコップが振り上げられた。

「やめ――」

今、わたしの絶叫は、誰かの耳に届いているだろうか。

お願い、誰でもいいから助けて！　わたしを見つけて！　わたしの話を聞いて！　あれはほんの出来心だったの！　なのに、こんなことで死にたくな――。

「さようなら、泥棒女。あの世で葵に土下座しろ」

＊　＊　＊　＊　＊

「…………」

凶行の一部始終を語り終えた五十嵐凜は、糸が切れたように黙りこんだ。一方で私も、荒波のごとく混沌《こんとん》とした感情を、整理しきれずにいた。

胸が重い。これほど言葉に詰まったことが、いまだかつてあっただろうか。

不意に、コンコン、と部屋をノックする音がした。一向に出てくる気配がない私たちの様子を案じるか、あるいは急かすような音だ。それを聞いた彼は、こちらを見て、

「大丈夫ですよ、神父様。恐怖はありません」

と、いつもの落ち着いた声で言った。

「あの赤いパトカーの光を見たときから、今日という日が来ることは覚悟していました。というより、この復讐をやり遂げると決意した瞬間から、逃げるつもりはなかったのです。鈴木仁実と沼田樹を殺害した直後、わたしは――いや、最後ですから、気取った話し方をするのはもうやめましょう。俺は、駆けつけた警察に逮捕されました」

そうして彼は世間から「猟奇殺人鬼」のレッテルを貼られ、ゴシップ誌には過去や言動を真偽とりまぜて書き立てられた。が、彼自身はそのことを気にしていないという。下手な言い訳

をするつもりもないのだと。

「そういえば俺があまりにも多くを語らないものだから、弁護士の先生はひどく困った顔をしていらっしゃいました。あとで申し訳なかったと、神父様から伝えていただけますか？」

「……ええ、もちろん」

そう返すと、彼は感謝の言葉を述べた。

「俺の復讐にまつわる話は、これで終わりです。しかし、ここまでお話ししてもなお解《げ》せないとお思いでしょう」

「はい。なぜ、沼田樹まで殺す必要があったのか」

するとと彼は小さく嘆息し、膝の上で指を絡めた。

「最初、俺は沼田樹を復讐の対象から外していたんですよ。親友だと葵に聞かされていましたからね」

「なら、どうして」

「葵の死後、漫画家にさえならなかったなら、俺が沼田樹を殺すこともなかったでしょう。けれどあの女は、葵が死んで一年も経たないうちに新人賞を獲ってデビューした」

言葉の意味をつかみきれないでいると、彼はふたたび口を開いた。

「沼田樹のデビュー作『ヴァジュラの果てに』――あれは元々、葵の作品だったんです」

心臓がざわめいた。思いもよらぬ事実だった。

「まさか、そんな」

「〝誰にも内緒にしてね〟と、あるとき葵は恥ずかしそうにしながらあの作品を見せてくれました。読んだ瞬間、胸が躍りましたよ。……これは葵が、俺を主人公のモデルにして描いてくれたものだとすぐにわかりましたから」

主人公の少年が秘宝を求める冒険活劇。物語の中で描かれる亡き一族は彼の家族を、内戦は彼が苦しんでいた差別やいじめを象徴していたのだった。

「すごく面白いから新人賞に応募しなよと言ったら、葵は首を振りましてね」

──これは、凜のためだけに描いた物語だから。

「他の誰にも見せるつもりはない。そうも言っていました。だからあの作品は俺たち二人だけのものだったんです。……葵が、死ぬまでは。

沼田樹のデビュー作を雑誌で読んだとき、それはもう混乱しました。絵柄は違うけれど、内容もタイトルも同じ。これは間違いなく葵の作品。何でこれが世に出ているんだ？　何で沼田樹の名で載っているんだ？　ひょっとして葵は俺以外にもこの作品を見せていたのか。自分に何かあったときのため親友である沼田樹にこの作品を託していたのか。そこまで想像を膨らませました。が、結局のところは違ったんです」

目を皿のようにしてインタビュー記事を読んでみたものの、沼田樹は亡き親友の存在に一切触れていなかったという。彼女はあくまでも自分自身が苦心して生み出したものとして、作品を語っていた。

「まさしく、天才ぶった澄まし顔でね」

そう彼は忌々しげに吐き捨てた。

立石葵は彼と、同じ夢を持つ親友にだけ、漫画家になりたいという夢を明かしていた。もっとも当時、彼と沼田樹は面識すらなかったそうだ。なおかつ立石葵は児童養護施設のボランティアに関しては外部に詳細を伏せていたため、沼田樹は、親友の夢を知っているのは自分だけだと思っていたのだろう。二人はよく一緒に漫画の内容を考えたり、描いた作品を見せあったりしていた。互いのアパートを行き来して、時には泊まることもあるのだと立石葵本人が楽しげに話していたらしい。

「おそらく沼田樹は葵のアパートを訪ねた際、あの漫画を見つけたんでしょう」

「葵さんが寝ている間を見計らえば、こっそり漫画を読むことも可能だったと」

「そうです。葵は当時まだ珍しいデジタル派でタブレットにも厳重にロックをかけていましたが、いつも一緒だった親友ならパスワードも知りえたでしょう……その後、葵が自殺したと知って、あの女の頭にはこんな悪魔の閃きが生まれた」

立石葵の夢を知っていたのは自分だけ。あの漫画を読んだのも自分だけ。ならば、盗んでも自分を咎める人は誰もいない、と。

「もしかしたら葵は……沼田樹のことが、好きだったのかもしれません」

「それは友人であるという以上に、ですか」

はい、と答える彼の瞳に今あるのは、切なさか、それとも悔しさか。私には推し測ることができなかった。

ひょっとすると沼田樹も、親友の気持ちに気づいていたのかもしれない。哀しいかな、自分に好意を持っている相手にならを何をしてもいいと勘違いする人間は、稀《まれ》にいる。

「葵に愛されていた自分なら、しかも葵の死後であればなおさら許されるだろう。沼田樹はそう思ったんでしょうね。でなければあんな罪深いことはできません。

繊細で美麗な葵の絵は、沼田樹の単調で雑な絵に取って代わられました。それだけじゃない。あの女は――おそらく少しでもオリジナリティーを入れて、自尊心を満たしたいと考えたのでしょう。作品にとって最も大切なラストを変えてしまったんです」

「ラスト？」

「本当の『ヴァジュラの果てに』は、ハッピーエンドで終わるはずだったんです。葵が俺を想って描いてくれた、ハッピーエンドです」

ところが沼田樹が描いた『ヴァジュラの果てに』は、主人公が死亡するという最悪のバッドエンドに変わっていた。

「……俺のこの、怒りを、どう表現すればいいのかはわかりません」

沼田樹と立石葵は親友同士だった。その親友が死んだのをいいことに作品を盗み、あまつさえ改悪して発表し、漫画家として華々しいデビューを飾った。だからこそ沼田樹は、彼の中で「最も殺したい女」になったのだった。

またもやコンコン、とノックの音がした。

急かされていると感じたか、五十嵐凜が腰を浮かせる。しかし私は彼を制した。

「あと少しだけ待っていてください。こちらなら心配いりません」

ドアの向こうへと声をかける私に、彼はいささか意外そうな視線を注いでいた。

「よろしいのですか、神父様」

「かまいません。せっかくあなたがすべてを打ち明けようとなさったのです。今日くらいは時を忘れてもいいでしょう。何より私自身が、まだあなたと語らいたいと望んでいるのです」

「ですが犯行についても、俺の過去も、すべてお話ししました」

「いえ、まだ大事なことを聞けていません。一番初めの話です」

鈴木仁実。岸双葉。新谷美優。柳瀬紫保。沼田樹。

なぜ、彼女たちは生きづらかったのか？

問いかけると、彼は即座に口を開いた。

「答えは簡単です。あの五人が〝暇人〟だったからですよ」

にべもない答えだった。たじろぐ私をよそに、彼は朗々と言葉を継ぐ。

「俺が思うに、群れを追われたオスライオンも、旧石器時代の人間も、生きづらいとは考えない。なぜなら生きることに必死な者、足るを知るということを心得ている者は、生きづらいなんて発想に至ることすらないからです」

「……そうかもしれませんね」

「けれどもあの五人には生きづらいと嘆くだけの時間と余裕があった。ある意味とても幸福で、羨ましい限りですよ」

とはいえ、と彼はわずかに目を細めた。まるで私の思考を読んでいるかのように。

「暇人のひと言で片づけてしまうのはさすがに乱暴でしょうから、もう少し細かくお話しします。おそらく神父様もこう疑問に思われているのではないでしょうか」

そもそもの話、彼女たちは本当に生きづらかったのか？

「あなたは、どう思っているのですか」

「俺の答えはノーです。あの五人は、言うなれば〝生きづらいモドキ〟だったんですからね」

――つくづく、わたしたちって、生きづらいよね。

「沼田樹がそう言うのを聞いたとき、冗談抜きで吐き気がしました。俺は安直に〝生きづらい〟という言葉を使う奴が、何より嫌いですから」

彼がそう思うのも理解できる気がした。

占いでいいことばかりを信じたがる人間がいるように、生きづらさの事例を見て少しでも当てはまることがあると、それを自分のことだと信じこむ。そうして生きづらさという言葉に胡坐《あぐら》をかいて、都合が悪いときの口実に使う。ともすれば五十嵐凜が不幸にした五人は、そういう人間だったのかもしれない。

「あの五人は〝生きづらさを抱えた自分〟〝それでも頑張って生きている自分〟に酔っていただけです。沼田樹はその最たる例。これといった悩みを持っていなかったあの女は、他人の生きづらさを観察するうち自分も生きづらい人間だと錯覚し、その感覚に浸っていたに過ぎません。そこには時代の流行りもあるでしょう。彼女の作品を見ればわかるとおり今は――」

「〝生きづらいよね〟と言って共感しあうのが心地いい、退廃的でアンニュイな世の中だと」

「はい。馬鹿か、と思いますが」

「あなたはそんな世の中にも憤っている」

「そこまで大それた感情ではありませんが、不愉快極まりないのは確かですね」

彼の意見には一理ある。生きづらい、というのは実に使いやすく便利な言葉だ。だが、便利だからこそ時には注意しなければならない。聖職に就く者が「神」の威光を笠《かさ》に着てはならないように、「生きづらい」という言葉をむやみに多用することは、決して賢明とは言えないだろう。

生きづらい――。

生きづらい――。

真に困窮している人や、生死に関わるほどアイデンティティーに悩み苦しむ人がそう言うなら理解できる。が、大半は違うのが実状だ。

「安易に生きづらいと口にすることは、ともすれば真に生きづらいと感じている人への失礼になりかねない……私も、そう思います」

するとは彼は——どうやら私が同調するとは思っていなかったらしい——やや驚いたように目を見開いたあと、哀しげに眉尻を下げた。

「神父様とこうして議論ができてよかった。そう、大半の人間は不満な現状を何でも生きづらさに集約して、〝わたしは生きづらいから〟と思考停止しているだけ。共感という名の〝傷の舐《な》めあい〟をしているだけなんです。おかしな話ですよね。やっぱり自分は生きづらいんだと確かめあうことに、何の意味があるのやら」

ましてその中に現状を打破してやろうと本気でもがく人は、果たしてどれだけいるのだろう。

「人はどうすれば生きやすくなるのか。この問いに対して沼田樹は〝もっとわがままになればいい〟と答えました」

述懐しつつ、彼はふっと鼻で笑った。

「なるほど、真に生きづらさを抱えている人にとっては救いになりうる答えでしょうね。けれども〝生きづらいモドキ〟にはそんなこと、まかり間違っても言ってはいけない。だってモドキは最初から、ないものねだりで自己愛に溺れた、わがまま人間なんですから」

彼は私にこう問うた。

金がない。取り柄がない。誰も本当の自分をわかってくれない——ではもし、その「ないもの」を手に入れられたとしたら、モドキの不満は解消されるのだろうか？

周りのせいで。環境のせいで。社会のせいで——もし社会にいる人間全員がその人にひれ伏して「大変申し訳なかった」と詫びたなら、モドキの溜飲《りゅういん》は下がるのだろうか？

「……答えはまたしてもノー、ですね」

「ええ。おそらくモドキはまた新たに〝ないもの〟を探して、生きづらいと思い続けることでしょう」

なぜならそれが、心地いいから。何かのせいにしているのが一番楽だから。

「本当に大切なのは何かに責任転嫁することでも他者の承認を得ることでもなくて、生きづらさにもがく自分を、自分自身で、ありのまま認めてやることなのに……。何はともあれ、俺はあの五人をカワイソウだとは思いません」

一見すると生きづらく気の毒に見えた五人の女性たち。だが彼女たちも、結局は自分を正当化することしか考えていなかった上、時には平気で誰かを傷つけていた――。

ああ、私は何と無力なのだろう。心にある神の言葉をどれだけ手繰り寄せても、彼が発する生身の言葉にはかなわない。殺人鬼となった彼を悔い改めさせることも、諫《いさ》めることもできない。もし立石葵の死後すぐに彼と出会えていたなら、状況は変わっていただろうか。……いや、変えられたかもしれないと思うことは、私の自惚《うぬぼ》れに過ぎない。

「あの五人のせいで葵は死んだ。葵は何もかも失った俺を暗闇から掬《すく》い上げてくれたのに、その葵が死んで、俺は人生で一度ならず二度までも、暗闇の底へと叩き落とされました。俗な言葉で言うなら……ぷっつんきてしまったんですよ。あの五人を、同じ暗闇に引きずりこんでやると誓うほどに。だから、ざまあみろ、としか思いませんね」

五十嵐凜――穏やかな様相の奥で、静かに、しかし激しく怒りをたぎらせる彼は、私が見てきたどの人物よりも清らかな心を持っていた。清く、公平。だからこそ恐ろしく、哀しい。

彼に神の言葉は届かない。そして私も、彼を救えるだけの言葉を持ちあわせていない。それが悔やまれてならなかった。彼がしたことは議論の余地もなく大罪だ。しかしながら、私はいつしか五十嵐凜という人間に、同じ人間として同情と共感を寄せていたのかもしれなかった。

「それでは、神父様、そろそろ」

言うと、彼は立ち上がった。

「待ってください」

彼の瞳が不思議そうに私を見る。

何と言えばいいかはわからなかった。どのみち、私が彼を救うことなどもうできやしない。それでも一つ、確認しないまま行かせるわけにはいかなかった。

「五十嵐凜さん。あなたも、生きづらいと思っていましたか？」

二度、三度と彼は瞬きをする。それは長い時のように感じられた。

やがてわずかに微笑んで、

「……そうですね。確かに昔は俺も、生きづらいと感じていたかもしれません。生きづらさというものについて熟考するようになったこと自体、俺自身が生きづらいと感じていた何よりの証拠と言えるでしょう」

生まれたときからアイデンティティーに悩み、貧しい日々を過ごし、散々いじめられ、挙げ句の果てには家族まで亡くしたのだ。生きづらくなかったはずがない。それでも彼は、私が問うまで一度たりとも「生きづらい」とは口にしなかった。

「けれど、神父様、今は違うんですよ。少なくとも俺はもう、生きづらいなんて言葉で自分を慰めたくはない。そう思えるようになったのは間違いなく葵のおかげです。葵が描いた『ヴァジュラの果てに』の本当のラスト——主人公の少年は過酷な旅の果てに秘宝を手に入れ、内戦を終わらせて、仲間とともに幸せに暮らしたのですから」

「……素敵なラストですね」

こう思ってはいけないのだろうか。

願わくは、彼の来世が、今度こそ救いのあるハッピーエンドを迎えられますように、と。

私に向かって一礼すると、彼は歩きだした。迷いのない足取りで、まっすぐに背筋を伸ばして。しかしドアノブを握ったところで、何か逡巡するように立ち止まり、こちらを振り返る。

その表情には得体の知れぬ笑みがたたえられていた。

「そうそう、今から行われることは世間に報道されるんですよね。きっとこれからワイドショーやら本やらで、知らない誰かが俺の人生を事細かに分析してくれることでしょう。自分こそは物事の本質を理解しているという風な顔をして、俺の心理をどうにか言語化しようと頑張ってくれることでしょう……ふふ、ひょっとしたら俺を〝カワイソウで生きづらい人代表〟のように担ぎ上げる動きも出てくるかもしれません。その神輿《みこし》の上には、もう誰も乗っていないのにね。

あーあ、生きづらい、生きづらい。
神父様はどう思われますか?」

初出　「小説現代」２０２４年１・２月合併号

夏原エヰジ（なつばら・えいじ）
１９９１年生まれ。兵庫県神戸市在住。上智大学法学部卒業。
２０１８年「Ｃｏｃｏｏｎ」で第13回小説現代長編新人賞奨励賞を受賞。
同作を改題した『Ｃｏｃｏｏｎ修羅の目覚め』で翌年デビュー。シリーズ化もされ、
第二部である「Ｃｏｃｏｏｎ京都・不死篇」や外伝を合わせ、計11冊を刊行した。
他の著書に『冥婚弁護士クロスオーバー』がある。

カワイソウ、って言《い》ってあげよっかw

第一刷発行　二〇二四年三月十一日
第二刷発行　二〇二四年四月　十　日

著者　夏《なつ》原《ばら》エヰジ
発行者　森田浩章
発行所　株式会社講談社
〒112-8001　東京都文京区音羽2-12-21
電話　出版　03-5395-3505
販売　03-5395-5817
業務　03-5395-3615
本文データ制作　講談社デジタル製作
印刷所　株式会社KPSプロダクツ
製本所　株式会社国宝社

ISBN978-4-06-534713-3
N.D.C.913 310p 20cm

KODANSHA